| 태종호 시집 |

천년학 어머니

한누리미디어

| 시집을 내며 |

태종호(太宗鎬) 雅號는 京山이다
1950년 전북 임실에서 출생했다
한국불교문학에서 평론으로
백두산문학에서 시로 등단했다

동서고금을 통해 주옥 같은 시가
무수히 많고 시인이 아니어도
시를 감상하며 즐기는 사람은 많다
나 역시 시를 좋아한다
시가 내 곁에 맑은 샘물처럼 있어 행복하다
아마도 모두가 시인이 된다면
인간사의 갈등이나
지구촌의 분쟁도 줄어들 것이다

일찍이 다산선생께서는
안개 낀 아침, 달 뜨는 저녁

짙은 녹음, 가랑비 내리는 날
대자연의 만물에게 감사하고
사람을 긍휼(矜恤)히 여기는 마음
주변을 세밀히 살피는 시선이 있다면
저절로 운율이 나오고 시가 된다고 했다

그 깊은 뜻을 헤아려
조금이라도 따르고 싶지만
마음으로만 애태울 뿐
태산을 마주하고 있는 것처럼 어렵다
사유(思惟)의 즐거움으로 만족할 뿐이다

*2023년 꽃 피고 새 지저귀는 봄날에

차례

시집을 내며 · 6

1부 사랑과 애환

고향 친구 _____ 16

그리만 된다면 _____ 18

그리움 _____ 19

만나야 할 사람 _____ 20

기도의 시간 _____ 22

무정한 판결에 대한 재심 청원 _____ 23

믿음 _____ 28

백호를 보내며 _____ 30

보름달처럼 _____ 32

봉사왕 이력서 _____ 33

분식집에서 본 한 가족 _____ 36

사랑 _____ 37

생명의 탄생 _____ 38

서안(西安) 기행(紀行) _____ 40

아내의 여행가방 _____ 42

수박 한 조각 _____ 44

2_부 아버지의 얼굴

아내의 일흔 번째 생일 _____ 46

아버지의 얼굴 _____ 47

아버지와 손자와 나 _____ 48

어머니 _____ 50

여보(如寶) 당신(當身) _____ 52

연인(戀人) _____ 53

오월의 노래 _____ 54

자정(子正)의 응급실 _____ 56

재회(再會) _____ 60

추석 선물 보따리 _____ 61

찬바람 부는 날 밤에 _____ 62

천년 학(鶴) 어머니 _____ 64

최고의 사랑 _____ 66

파타야의 밤 _____ 68

회상(回想) _____ 70

추억 살리기 _____ 72

차례

3부 인생의 여정

21세기 자화상 _____ 74

거꾸로 가는 열차 _____ 76

고독(孤獨) _____ 77

공항(空港)의 아침 _____ 78

깊은 숨 한 번 들이쉬며 _____ 80

난세(亂世)를 위한 변명(辨明) _____ 82

노숙인의 삶 _____ 83

눈물 한 방울 _____ 84

다산(茶山) 묘제(墓祭) _____ 86

동맹관계(同盟關係) _____ 87

마음 한 점 _____ 88

문병(問病) _____ 89

막차로 온 사람들 _____ 90

민들레처럼 인동초처럼 _____ 92

바보놀이 _____ 94

불량품 경매장 _____ 95

비움과 채움 _____ 96

산길을 걸으며 _____ 97

상실(喪失)의 시대 _____ 98

4부 지하철의 얼굴들

선택(選擇) _____ 102

술래놀이 _____ 103

씁쓸한 퇴장 _____ 104

약육강식 적자생존 _____ 105

신(神)의 봉쇄령(封鎖令) _____ 106

오래된 신발 _____ 108

이 사람아 _____ 109

저출산 자화상 _____ 110

지하철의 얼굴들 _____ 111

작은 혁명 _____ 112

찬란한 아침 _____ 114

침묵의 교훈 _____ 115

탄식(歎息) _____ 116

필리핀이여 일어나라 _____ 117

콰이강의 다리 _____ 118

투쟁(鬪爭)의 역사 _____ 120

행복한 사람이란 _____ 123

한밤중 시계초침 소리는 _____ 124

후회(後悔) _____ 126

차례

5부 자연과 인간

가는 세월 _____ 128

계곡 도량(道場) _____ 129

고석정(孤石亭)의 꿈(夢) _____ 130

기다림 _____ 131

기억(記憶)의 반란(叛亂) _____ 132

낙엽(落葉)의 소리 _____ 134

도봉산역에서 자운봉을 바라보니 _____ 135

마음 속 꽃 한 송이 _____ 136

목욕탕 _____ 137

무의도 선착장에서 _____ 138

무제(無題) _____ 140

바람 부는 날 _____ 141

불의 고리 _____ 142

사마귀 _____ 144

산다는 것 _____ 145

산정호수에서 _____ 146

6부 아름다운 세상

새들의 노래 ____ 148

세수하기 싫은 날 ____ 149

생명 ____ 150

서호(西湖)를 기리며 ____ 152

선유도(仙遊島) ____ 154

아름다운 세상 ____ 156

아침에 오는 새 ____ 157

안일왕산 대왕소나무 ____ 158

약속 ____ 160

언제쯤이면 ____ 161

인삼(人蔘) ____ 162

착각(錯覺) ____ 163

추석(秋夕) 월광(月光) ____ 164

파도(波濤) 인생 ____ 165

타임머신 ____ 166

함께 가자 ____ 168

차례

7부   시화(詩畵)

－ 심재천 作 _____ 170

제 1 부

—

사랑과 애환

고향 친구

결혼식장에서 우연히 만난
고향 친구가 하는 말
너는 하나도 안 변했어
옛날 그대로여

나도 친구 얼굴을 유심히 살핀다
반백을 넘어선 흰머리와
얼굴에 짙은 주름살이 어지럽다
많이도 변했다
서럽게도 변했다

나도 한 마디 한다
너도 옛 모습 그대로네
그대로구먼 그래

그 친구 눈에는
나도 많이 달라졌을 터이다

강산이 몇 번이나 바뀐 세월을
누구인들 비켜 갔을 것인가

그는 고향에서 열심히 살았고
나도 도시에서 바쁘게 살았다

우리는 그렇게 살아왔다

고향으로 가는 전세버스에 오르기 전
내 손을 잡으며 친구가 처연하게 말한다

잘 있어 또 만나
나도 생뚱맞게 큰소리로
그래 친구야 또 만나자 했지만
언제 만나게 되는지 기약은 없다

떠나가는 버스 뒤로 손을 흔들며
친구야 잘 가라
그래 건강하여라
서로 입속에서만 맴돌고 있다

*2015년 8월 8일 친지 혼사에 다녀와서

그리만 된다면

전철 안에서 우연히
젊고 싱그러운 군인을 본다

아! 나도 모르게
저들처럼 그 시절로
돌아가고 싶어진다

지금보다 더 젊어지거나
오래 살고 싶어서가 아니다

내가 그리 되면
내가 정말 그리만 된다면

나의 어머니를
볼 수 있기 때문이다

*2017년 4월 1일 전철 안에서

그리움

너는
볼 수도
만날 수도
마음을 전할 수도
대답을 들을 수도 없는
생각만 피어나는
막혀 버린
비운의
통로

*2014년 12월 13일 밤에

만나야 할 사람

올해가 가기 전에 만나야 할
이들이 있다
이미 흘러가 버린 시간을
되돌려서라도
못다 한 사랑 이야기를
들려주어야 할 이들이 있다
신의 뜻마저 거역하고서라도
반드시 다시 불러내야 할
그런 이름들이 있다

쿵쾅거리는 심장의 고동소리
창공으로 피어오르는
미래의 부푼 꿈
아직 시작조차 하지 못한
그들만의 싱그러운 대화
이별을 말하기엔
결단코 어울리지 않는
그런 기막힌 청춘들이 있다

켜켜이 쌓인 보따리를

미처 풀어보지도 못하고
용광로처럼 타오르는 정열을
발산하지도 못한 채
깜깜한 바다 위를 맴도는
영혼들이 있다
우주의 시간을 되돌려서라도
우린 다시 그들을 만나야 한다

그들이 우리에게
쏟아내는 말들이
천지 사방팔방에서 들려온다
우리가 귀를 찢고 들어야 할
천둥 같은 울부짖음이다
올해가 가기 전에
잠들지 말고 깨어서
참회와 용서를 구해야 할
푸르고 붉은 영혼들이 있다

*2014년 12월 21일 세월호 희생자를 추모하며

기도의 시간

오늘이란 시간이 내 기억 속에서
사라지기 전에 기도를 하자

깊은 숨 한 번 고르고 나면
겸손과 경건이 꽃을 피우고

나는 한 마리 작은 새가 되어
창공으로 힘차게 날아오른다

감사와 희열의 행복에 취하고
우주만물과 한 몸통이 되어

꿈속에서 한바탕 노닐고 나면
또 다른 길이 있음을 알게 된다

*2023년 계묘년 2월 10일 기도를 마치고

무정한 판결에 대한 재심 청원

나는 70이 넘도록 살아오면서
극형 판결은 법원에서만 내리는 줄 알았다
그런데 오늘에서야 병원에서도
그 같은 판결을 내린다는 사실을 알게 되었다
서울대학교병원 암병동 진료실에서
참으로 무정하고 냉정한 판결을
판사가 아닌 의사가 하는 걸 지켜보았다

긴장감으로 가득한 판결 장소
네 평 남짓한 사무실에 긴 탁자와
의자만 덩그러니 놓여 있었다
주심의사를 중심으로
좌우로 배심의사 세 명이 자리했고
기록원 한 명도 함께했다
피고석에는 나의 딸이 앉아 있었으며
증인석에는 나와 아내와 사위가 배석했다

의례적인 인사와 소개가 끝나고
재판을 주관하는 의사는 망설임 없이
임무수행에 들어갔다

애써 엄숙한 표정을 지으며
무심하고 메마른 음성으로 판결문을 읽었다

그리고 마침내 우리 가족이 결코
받아들일 수 없고 용납하기 어려운
참담한 중형을 선고하기에 이르렀다
배심원들 역시 이에 동의하고 있었다

주심이 최후 판정을 내리는 그 순간
나의 정수리에는 뇌성벽력이 내리치고 있었고
가족들의 표정은 하얗게 얼어붙어 있었다
우리 가족은 마치 칼자루를 쥔 괴한 앞에서
칼날을 잡고 벌벌 떨고 있는 형국이었다

피고와 증인인 가족들에게
순전히 요식행위에 불과한
최후 진술의 기회가 주어졌지만
이미 지옥보다 더한 나락으로 떨어져 버린
우리의 목소리는 기 꺾인 공허한 외침일 뿐
판결을 뒤집을 묘안은 없었다

재판관들이 떠난 뒤 나는 딸을 바라보았다
딸은 생각보다 담담하고 평온한 얼굴이었다

나는 절대자인 신에게 항소하기로 결심했다
재심을 청구하기로 한 것이다
불완전한 인간들이 벌이고 있는 이 재판은
애초부터 오류가 있을 수밖에 없고
판정 역시 100% 완전치 못하다는 것을
잘 알기 때문이었다

내가 딸의 변호인이 되리라 다짐했다
그래서 하나하나 부당함을 증명해 보이리라

딸이 한 인간으로 이 세상에 태어나
40여 성상을 살아오면서
어린 시절부터 지금까지
맑고 고운 심성을 잃은 적이 없었으며
남에게 큰 상처나 피해를 준 일도 없고
진리탐구를 게을리하지 않았으며
부모에게는 효도했고 동생들도

정성으로 보살펴 왔다

항상 명랑 쾌활한 모습으로 주위를
밝고 환하게 만들었으며
친척 친구들을 비롯한 이웃들에게도
한없이 다정하고 후덕하게 대해 왔다
특히 어렵게 얻은 5대 독자 아들을
참으로 지극한 모성으로 양육해 왔다

이 같은 사실은
천지신명 또한 익히 알고 있을 것이기에
이 재판은 반드시 다시 열려야 하며
재심을 통해 바로 잡아야 된다는 것을
온 누리에 호소하고 청원하는 바이다

그리고 또 한 가지
만약 내가 미처 알지 못하는 허물 때문에
꼭 벌을 내릴 수밖에 없다면
이 부족하고 죄 많은 아비에게
형벌을 내려주시기를 간청하는 바이며

딸은 아직 젊고
국가와 사회와 가정에서 해야 할
성스러운 책무가 많이 남아 있으니
이를 차질 없이 수행해 나갈 수 있도록
신께서는 관용과 자비를 베풀어
재심을 허락해 주실 것을 간청 드리고
치유의 자비와 사랑과 은혜를 베풀어 주시기를
간절한 마음으로 청원하는 바이다

*2022년 임인년 7월 19일 서울대병원에서

믿음

일요일 오후
산밑 언덕배기 학교운동장엔
나와 어린 손자 둘뿐이다

학교가 이다지도 조용할 때도
학교운동장이 이렇게
넓을 수도 있다는 걸 오늘 알았다

무료함을 달래려고 손자와 둘이서
술래놀이를 한다
술래가 된 손자의 음성이 갑자기 다급해진다
내가 너무 오래 숨었나 보다

아무도 없는 우주공간에
홀로 서 있는 것처럼
소리쳐 할아버지를 부르고 있다

나가서 손자를 꼭 안아 주었다

손잡고 집에 오면서 손자가 묻는다

할아버지는 호랑이(띠)니까
다 물리칠 수 있지?
벌도, 모기도, 도깨비도 다 하면서
다짐을 한다

그렇다
나를 믿고 있는 이들에게
그 믿음이 헛되지 않았음을 보여주는 것보다
더 소중한 것은 없을 터이다

*2021년 8월 22일 일요일 오후 태릉중학교에서

백호를 보내며

백호야!
강산도 변한다는 시간보다
더 오랜 세월을
너는 우리 가족이었고
우리 집 수문장이었고
우리 모두의 자랑이었다

그렇다 백호야!
영민하고 충성스러운 명문
진돗개의 혈통 그대로
수려한 외모와 늠름한 기상
하늘 높이 처들린 머리
백설같이 하얀 털의 날렵한 몸매
정기를 담고 있는 쌍꺼풀진 눈
쫑긋 세운 두 귀와 기품 있는 입
여유롭게 흔들리는 꼬리와
튼튼한 네 다리의 권위
너는 위엄의 상징이었다

백호야!
그런 네가 자연의 섭리에 따라
이리도 추운 대한(大寒) 날에
우리와 작별하게 되었구나
양지바른 언덕 좋은 곳에서
부디 평화롭게 영면하여라
우리는 너를 오래 기억할 것이다

*2015년 1월 20일 大寒날 백호를 보내며

보름달처럼

딸의 결혼식 날 새벽녘에
뜰에 나와 하늘을 보니
자로 잰 듯
반듯한 반달이
구름 속을 헤치며 간다

오늘 날씨는 괜찮으니
걱정 말라고 하는 듯이
풀벌레 소리 반주에 맞추어
거침없이 가고 있다

딸이 앞으로 살아갈 미래도
저 반달이 자라서
둥근 보름달이 되듯
아름다운 길, 행복의 길,
보람찬 길이 되기를 빈다

*2015년 9월 5일 딸의 결혼식 날 새벽에

봉사왕 이력서

2022년 12월 7일
대한민국 자원봉사자의 날에
아내가 헌신적 봉사자에게 수여한다는
'봉사왕(奉仕王)' 이라는 큰 상을 받았다

상을 받기 위해 손자의 손을 잡고
영광스러운 단상에 올라서서
오늘의 주인공이 되어
많은 이들의 아낌없는 박수갈채를 받았다

돌이켜 보면 지금부터 20여 년 전
그동안의 교육자 경험을 살려
저소득층 어린이 방과 후 교육이라는
재능기부로 시작한 것이 첫 출발이었다

그 후로부터
청소년 선도 및 계도활동
유아 구연동화 봉사활동
중학생 전통예절교육 봉사활동
노인들 발 마사지 봉사활동

독거어르신 말벗봉사 및 병원동행 봉사활동
노숙자 발굴 기관연결 봉사활동
여성장애인 성폭력상담 및 정서안정 지원활동
자연보호 및 환경지킴이 활동
주부환경봉사단 친환경교육 봉사활동
에코가디언 천연비누 제작 이웃 나눔 활동
지역주민 건강증진 걷기 리더 봉사활동
생명지킴이 자살예방 번개탄파악 계도활동
학교와 관공서 화장실 불법카메라 설치 감시활동 등

지역의 그늘지고 구석진 곳만을 찾아 나선
멀고도 힘에 벅찬 긴 장정(長程)이었다

또 시민경찰 제도가 생기자 자원하여
우범지대 야간순찰 및 지역방범 활동을
자비를 들여 펼쳐 나가기도 했고,
몇 해 전에는 마라톤 행사 교통정리 봉사에
나섰다가 질주하는 차에 부상을 당해
병원에 오랜 시간 입원한 일도 있었다

참으로 힘들고 긴 시간이었다
보이지 않는 곳에서 몸을 돌보지 않고
오직 한 마음 한 뜻으로 다양한 봉사를
실행해 온 아내가 자랑스럽다

앞으로도 계속 고귀한 자원봉사를 통해
자아를 실현해 나아가기를 기대하며
아내의 대장정을 위해 꽃다발을 바친다

*2022년 임인년 12월 7일 아내의 봉사왕 수상을 축하하며

분식집에서 본 한 가족

분식집에서 만난 세 사람
그들은 한 가족이었다

아버지와 어머니
그리고 아들

아버지는 비빔밥
어머니는 유부우동
아들은 순두부를 시켜놓고
행복한 대화를 나눈다

두 남성들이 먹는 모습을
바라보는 한 여인의 얼굴이
보름달처럼 환하다

해맑은 얼굴로 미소 짓는
한 가족의 모습이
마치 들꽃처럼 아름답다

*2015년 8월 16일 건대역 부근 분식집에서

사랑

초록 풀잎에 이슬 한 방울이
진한 눈물로 앉아 있다

가녀린 잎새마다
넉넉히 적셨건만

행여나 목이 마를까
차마 떠나지를 못한다

한평생을 적시다가 증발되는
어머니의 마음처럼

*2018년 5월 24일 이른 아침에

생명의 탄생

한 생명이 잉태되어
세상과 만나는 것은
기적과 같은 일이다

억겁의 기다림
우주의 보살핌
음양의 만남이

거역할 수 없는
필연의 조화를 이룰 때
비로소 성사되는 것이다

어찌 고귀하지 않으리
어찌 경이롭지 않으리
어찌 신비하지 않으리

그러기에 생명은
티끌만치 작거나
공룡처럼 크거나
꽃처럼 곱거나

벌레처럼 험하거나

한 순간의 소홀함도
한 치의 차별도
단 하나의 해침도
허락할 수 없는

따뜻한 보살핌
빛나는 숭고함
무한한 경배만이 있을 뿐이다

*2017년 丁酉年 10월 19일 목요일 서울대학교병원 신생아실 복
도에서

서안(西安) 기행(紀行)

중화(中華) 제일 고도(古都) 서안(西安)
멀고 먼 장안성(長安城)에
누굴 찾아왔는가

시황제(始皇帝)도 양귀비(楊貴妃)도
가고 없는데 충성(忠誠)스런
병마용(兵馬俑)만 여전하구나

수려한 여산계곡(驪山溪谷) 골짜기마다
숱한 사연 간직한 채 한숨을 짓네

영웅호걸(英雄豪傑) 삼천궁녀(三千宮女)
뜨거운 숨결
화청궁(華淸宮) 사랑놀이 전설이 되고

웅지(雄志) 품은 안록산(安祿山)
서안사변(西安事變) 장학량(張學良)
세월이 흘렀어도 울림은 크다

초저녁 달 벗을 삼아

서봉주(西鳳酒) 몇 잔 술을 마셔 보아도
허전한 마음은 달랠 길이 없는데

아! 그러면 그렇지
서안예인(西安藝人) 장예모(張藝謨)의
장한가(長恨歌) 한마당이 펼쳐지면서

양귀비(楊貴妃)와 당현종(唐玄宗)
영웅호걸 삼천궁녀 되살아나니
천년고도 서안(西安)의 밤이 빛을 발하네

　　　*2018년 5월 15일 중국 서안(西安)에서

아내의 여행가방

라일락 향기가 짙은 일요일 저녁
아내가 여행가방을 같이 싸잔다

내일 새벽 친구들과 오랜만에
해외여행을 가는데
혹 빠뜨린 것이 있을까 봐
나에게 도움을 청한 것이리라
여행가방을 펼쳐놓고
아내와 마주앉았다

자ー 우선
작은 손가방에 여권부터 챙기고
다음은 돈, 그리고 약도 챙기고
그렇지 색안경도 필요하지
필기도구와 책도 한 권 넣어요

이제 큰 가방에는?
아내가 분주히 오가며 말한다
속옷부터 넣고 티셔츠는
반팔과 긴팔 모두 챙기고

겉옷과 바지, 우산도 있어야지

가방 속이 하나둘 쌓여갈수록
밤도 점점 깊어가고
우리 내외의 사랑도 커간다

모든 준비가 끝나고
여행가방을 닫을 때
이미 내 마음도
그곳에 들어가 앉았으니

이번 아내의 여행길에는
나도 함께 동행(同行)하는 것이다

*2016년 丙申年 4월 25일 밤에

수박 한 조각

어머니
기억하시나요

오늘처럼
매미가 극성스럽게 울어대고
뜰 앞 고추도 빨갛게 익어가고
소나기까지 내리던 날

당신은
잘 익은 수박을
손에 들고 나보고 많이 먹으라고
연신 권하셨지요

오늘도
소나기는 후드득 지나가고
빨간 고추도 대롱거리고
매미는 저리도 섧게 울어대는데

어찌하면
수박 한 조각
어머님께 드릴 수가 있을까요

*2015년 8월 9일 한낮에
어머니를 그리며

제 2 부

―

아버지의 얼굴

아내의 일흔 번째 생일

아내가 벌써 칠순이라니
무정한 세월이 안타깝다

함께 지내 온 40여 성상
그 시절 고운 모습 떠올리면서
아내와의 동행을 회고해 본다

고맙다
내 곁에 있어 주어
감사하다
심신이 건강해서

앞으로 남은 여정도
그저 그렇게 동행하기를 바랄 뿐이다

다만 앞으로 내달리기보다는
조금씩 뒤돌아 보아가면서

*2023년 계묘년 음력 이월 초사흘 아침

아버지의 얼굴

매섭게 추운 겨울 날
창가에 앉아
저녁노을 바라보는
아버지의 얼굴은 외롭다

낭랑한 목소리로
세상 이치를 설파하던 기개도
평생을 쌓은 숱한 지식도
무거웠던 어깨도

무심한 무욕의 눈동자와
졸음에 겨운 하품 속에
전설이 박제되어 버린 듯

노을에 비친
초월의 그 주름진 얼굴은
인생의 덧없음에 대한
무언(無言)의 가르침이다

*2016년 1월 23일 아버님 방에서

아버지와 손자와 나

내 나이는 일흔이다
아버지는 구순이 지났다
손자는 두 돌이 되려면 석 달이 남았다
아내와 딸과 아들들은 바쁘다
나는 아버지와 손자를 돌보고 있다
손자는 세 살배기 재롱을 떨고
아버지는 여섯 살 행동을 한다
둘 다 기저귀를 차고 있다
티 없이 웃는 것도 똑같다
때로는 고집을 부리고
이것저것 해달라고 보챈다
행여 무슨 일이 생길까
위태롭기는 둘 다 매한가지다

그런데 완전히 다른 점이 있다
손자는 말을 조금씩 배워 가는데
아버지 기억은 차츰 가물거리고 있다
손자는 키가 나날이 커가고
아버지 다리에는 힘이 점점 빠진다
손자는 눈에 생기가 돌고

아버지 안광에는 초점이 흐리다
손자는 밖으로 나가려 하고
아버지는 침상에 누우려 한다
손자는 앞니가 하나둘 생기는데
아버지는 틀니조차 자꾸 빠져 나온다

아! 어쩌랴
손자가 여섯 살이 되면
아버지는 세 살배기 아기가 될 것 같다

*2019년 7월 15일 오후 아버님 곁에서

어머니

불현듯 생각나 돌아보면
언제나 그 자리에 계시는 듯
계시지 않는 어머니

자애로운 그 모습, 해맑은 미소
이마에 맺힌 땀방울이 눈에 서리어
목을 타고 들어와 가슴을 적십니다

꿈꾸다 놓쳐버린 통한의 긴 시간들
이제 와서 잡으려 해도
깨어진 보석조각들처럼 산산이 흩어져
희미한 흔적조차 허락지 않는 어머니

바람 앞에 촛불처럼 기약 없던
격동의 모진 세월
일곱 남매 지키려는 모정의 일편단심
눈물샘도 마르고

살얼음 깨질까 봐 깊은 숨도 참아가며
헝클어진 실타래를 한 올 한 올

침묵으로 풀어내신
아~! 그 이름 어머니여!

지금은 어느 곳에 고운 옷 차려입고
굴레 벗은 사슴이 되어
한가로이 먼 곳을 바라보고 계십니까?

평화로운 천상세계 선녀들과
우주공원에 꽃 나들이를 가십니까?

죄 많은 자식들 광야에서 길을 잃고
미망 속을 헤매이다
마음의 눈이 떠질 때쯤
단 한 번 꿈에라도 오신다면

작은 식탁 위에 초롱불 밝혀놓고
엄마, 어머니 부르면서
이승 저승 이야기꽃을 밤새워 피우리다

*2014년 9월 초순 어머님이 사무치게 그리워

여보(如寶) 당신(當身)

내가 가장 많이 부르고
편하게 부르는 이름

나의 영광 나의 좌절을
함께한 동반자에게 사랑으로 부르는 이름

나의 건강을 자기 몸보다
더 살피는 일급주치의에게 부르는 이름

그 이름은 여보(如寶)
그 이름은 당신(當身)

오늘도 그대의 귀한 사랑에
고맙고 미안한 마음으로
가만히 몇 번이고 불러봅니다

여보(如寶)! 당신(當身)!

*2015년 아내의 생일을 맞아

연인(戀人)

동해바다 일출처럼 눈부신 두 청춘아

파도가 밀려와도 잡은 손 놓지 말고

빛나는 노을처럼 아름답게 물들어라

*2012년 壬辰年 8월 동해바다에서 경포해변을 걷고 있는 연인을
보고

오월의 노래

오월의 끝자락
하늘은 구름 한 점 없이
눈이 부시고
눈길 가는 곳마다
진초록의 초목들이 짙어만 가는데

시간을 잊어버린
우리네 청춘들은
지하에서 골방에서
넘지 못할 장벽을 향해
어깨동무 대신 어깨다툼을 벌인다

쓰디쓴 커피 한 잔
컵라면을 양식 삼아
오늘도 기약 없는
설계도면을 그리고 또 그린다

작렬하는 태양아 조금만 더 달구어라
불어오는 바람아 조금만 더 불어라

저 꿈들이 시들기 전에
동맥의 피가 멈추기 전에
철옹성처럼 단단한 장벽을 녹여
시원한 바람이 통하게 하라

오월이 가기 전에
유월이 오기 전에
그들에게 초록의 산하를 선물하라

창공을 향해 포효하며
심장이 터지도록 달리게 하라
맑고 순결한 마음으로
빛나는 오월의 노래를
부르게 하라

*2016년 5월 31일 청년들의 연이은 희생을 보며(스크린도어 수
리 중 숨진 19살 청년을 추모하며)

자정(子正)의 응급실

시계 초침 소리조차 예민해지는
한밤중의 병원 응급실
환자들의 신음 소리만 간간이 들려온다
오늘 밤 그 응급실에 내가 앉아 있다

이른 아침 자원봉사 나갔다가
교통사고로 졸지에 환자가 되어
병상에 누워 있는 초로의 여인을
바라보고 있다

나의 아내다
평생을 동분서주 잠시도 멈추질 않으니
이렇게라도 쉬게 하려는 것일까

옆 침대에서는 한 남성이
갑자기 심한 구토를 해댄다
창자까지 쏟아낼 것 같은 구역질 소리는
응급실 전체를 집어삼킬 듯 요란하다

젊은 아들이 이를 지켜보며

안절부절 못하고 있다
급히 달려온 의사의 응급처치로
구토를 진정시키자

이번에는
중년의 남자가 부인을 부축해 들어온다
하혈을 심하게 해서 왔다며
다급한 목소리로 의사를 찾는다
간호사가 달려오더니
여인을 침대에 눕히고 급히 커튼을 친다

남편은 그제서야 안심이 되는 듯
깊은 한숨을 내쉬며 땀방울을 닦는다

한동안 조용해지는가 싶더니
한 소녀가 배를 감싸고
고통스런 얼굴로 들어온다
함께 온 어머니는 저녁을 먹고 난 후
배가 아프기 시작했는데
점점 심해진다고 한다

시계는 자정이 가까워지고 있었다
아무 일 없이 새날을 맞는가 했는데
갑자기 밖이 소란스러워지더니
서너 명의 사람들이
화상을 심하게 입은 남자를 데려왔다

응급실은 또다시 바빠지기 시작한다
10여 명의 의료진은 늘 겪는 일처럼
민첩하고 침착하게 환자를 살핀다
간간이 싱거운 농담도 주고받으며
일부러 여유를 찾는다

그렇다
환자들을 보살피기 위한 여유다
그리하지 않으면 긴장과 스트레스를
감당하지 못할 것 같은 생각이 든다

아내의 입원실이 정해졌다
나는 응급실을 나와 아내를 데리고
입원실로 가면서 생각했다

사람들이 무심하게 밤을 보내고 있을 때
병원 응급실 사람들은 매일 밤을 이처럼
분주하게 보내고 있다는 것을…

그리고 궁금했다
응급실에는 또 어떤 다급한 이가 올까
이번에는 어디가 불편해서 오게 될까
아까 내가 본 그 많은 응급환자들의
처치는 어떻게 되었으며
그들의 앞날은 어찌 될 것인가

또 내 아내는 얼마나 입원해야
다 나아서 퇴원할 수 있을까
한밤중에 이런 생각을 하고 있었다

*2018년 戊戌年 8월 26일 밤 병원 응급실에서

재회(再會)

한 무리의 새들이
빌딩 숲 사이로
멋지게 비행하고 사라진다

나의 아쉬움을 알았는지
잠시 후 다시 한번 나타나
보란 듯이 묘기를 펼친다

아! 나의 그리운 사람도
이렇듯 다시 한번 나타나
잠시라도 보여줄 수 있다면

정령 그럴 수만 있다면
내 가슴은 축복으로
벅차오르리

*2020년 경자년 11월 5일 오후에

추석 선물 보따리

추석 전날 자식들이
보따리를 싸고 있다

내용보다 포장이 화려한
귀티 나는 선물 보따리에는

쫓기듯 밀치듯 살아온
자식들의 고단한
회색 눈물이 들어 있다

추석 다음 날 어머니들이
보따리를 싸고 있다

석류알처럼 꽉꽉 들어찬
보따리 보따리마다

그리움으로 범벅된
어머니의 애잔한
짙은 한숨이 배어 있다

*2019년 9월 15일 귀성열차 대합실에서

찬바람 부는 날 밤에

세찬 겨울바람이
휘몰아치는 밤에
쉬 잠들지 못하는 것은

기분 나쁘게 윙윙거리는
바람 소리 때문만은 아니다

경계도 없이
제멋대로 뻗어가는
거둘 수 없는 생각들 때문이다

낮에 본 노숙인은 잘 곳을 찾았을까

담 밑에서 졸고 있던 고양이는
어디로 갔을까

강원도 산불은 이 거센 바람에
더 번지지 않을까

난방에너지 보릿고개 속에

우크라이나 난민들은
어찌하고 있을까

손에 책은 들고 있지만
머릿속은 차디찬 허공을 맴돈다

*2022년 壬寅年 12월 14일 새벽녘에

천년 학(鶴) 어머니

친구 따라 강남 간 제비처럼
먼 길을 돌고 돌아간 그곳에는
천년 학(鶴)이 살고 있었다
무슨 사연이 있기에 하얀 날개를 접은 채
천년을 기다린 것일까

누구를 기다리고 무엇을 생각하느라
봄이면 샛노란 유채꽃 피워내고
가을이면 새하얀 메밀꽃 피워내며
그토록 모진 바닷바람 설한풍을
참고 참으며 견디어 낸 것일까

밤새도록 술잔을 기울여도 풀리지 않아
하늘을 올려다보니
반짝이는 별들이 무더기로 쏟아져 내리는데
북두칠성 사이로 어머니의 얼굴이 보인다

아! 천년 학(鶴)은 어머니였다
길 잃고 방황하는 온 누리의 자식들을 위해
어미는 천년을 하루같이 그렇게

일편단심 기도로 지새웠구나

어머니
이제는 큰 날개 펴고 훨훨 높이 날아서
이 땅의 모든 인간들에게 알려 주소서
손잡고 사는 법을 알려 주시고
평화로 가는 길을 열어 주소서
홍익인간 이화세계의 큰 뜻도 펴게 하소서

*2016년 4월 28일 밤 전라남도 장흥에서

최고의 사랑

좁다란 골목길 모퉁이에서
팔십 넘어 보이는 남녀 한 쌍이
열애 중이다

맨땅 손수건 위에
감자 세 알 펼쳐놓고
엉거주춤 쪼그려 앉아
할머니가 감자 한 알을 들고
애원하듯 말한다

이걸 잡수세요
여름을 이겨내려면 드셔야 해요
뭐라도 입으로 넘겨야 견딜 수 있어요
억지로라도 먹어보세요

할아버지가 말한다
나는 괜찮아요
이까짓 더위쯤 이길 수 있어요
당신이나 먹어요

몇 번이나 서로 먹으라고

실랑이를 벌인다

결국 한 알씩 먹고
남은 한 개를 반으로
나누어 먹고서야 실랑이는 끝났다

두 사람의 얼굴에
만족한 미소가 번진다

그 감자 한 쪽은
산삼보다 귀한 보약이고
마주 보는 눈길은
백팔번뇌(百八煩惱)를 초월했다

삼복더위 무더운 폭염 속
가리개도 없는 길 위에서
꽃보다 아름답고
백설보다 고결한
최고의 사랑을 나누고 있었다

*2017년 7월 18일 한낮에 길을 가다가

파타야의 밤

태국 파타야의 밤은
알카쟈쇼의 주인공
그들의 환한 미소로 열린다

천형처럼 다가온
신체의 부조화와
아름다움에 목말라 온
인고의 긴 세월
그들만의 목마른 외침은
오늘도 끝없이 이어지는데

그 깊은 속울음을
뉘라서 알 것인가
머나먼
남국의 초록바다엔
파도 소리마저 애처롭다

내 마음을 읽었나
그녀들은 온몸으로 말한다
너무 걱정하지 말아요

우리는 행복합니다

세상의 모든 것은
자기 몫이 있을지니
우리는 우리의 방식으로
진흙 속 연꽃이 되어
세상을 환하게 밝히는
찬란한 빛이 되렵니다

아름다운 사랑 가득한
파타야의 오늘밤을 위해
우리 함께 손잡고
사랑 노래 불러요

*2016년 9월 30일 태국 파타야의 밤에

회상(回想)

산행길에 넘어졌는데
코끝을 스치는 옛 냄새에 취해
하늘을 보며 누워 버렸다
호수처럼 푸른 하늘에
한 소년의 얼굴이 보인다

온종일 산과 들을 쏘다니다
허기지면 산열매 몇 알 따먹고
지치면 아무 데나 누워서 바라보던
그 하늘도
오늘처럼 푸르고 높았다

졸졸 흐르는 개울가
검은 염소의 구슬픈 울음 소리는
먼 길 오느라 지친
기차 소리에 묻히고

흰 수건 머리에 쓰고
빨간 고추를 따 담는
어머니의 뒷모습이 아련하다

양손에 고무신을 쥐고
내달리며 부르는
동무들의 노래 소리도 들려온다

해가 서산에 질 무렵
소년은 간 곳이 없고
곱게 물든 석양만 재를 넘고 있었다

　　　*2014년 9월 하순 산속에 홀로 누워서

추억 살리기

세상사가 힘들고 고달프거든
가는 길 잠시 멈추고
뒤를 돌아보아라

먼지 속에 잠자고 있는
낡은 사진첩을 뒤적이거나
그마저도 없다면

그냥 반듯이 누워 옛 추억 하나
아무거나 꺼내보아라
조금은 위안이 되리니

희미한 기억 속에
엷은 미소 피어나고

지금 내가 겪는 고통마저도
다음날을 위한 아름다운 추억임을
알게 될지니

추억 많은 사람이
진정한 승자임을 깨닫게 될지니

*2015년 8월 7일
지하서재에서

제3부

인생의 여정

21세기 자화상

이것이 어찌 된 일인가
언제부터 비롯되었을까
어쩌다가 인간들이 발톱만 키워
서로 으르렁거리게 되었을까

잘 사는 나라 우두머리들이
술잔을 높이 들며 웃고 있을 때
다른 한쪽에선 마실 물 한 모금을
갈구하다 하릴없이 죽어가고

동유럽에선 피 튀기는 전쟁으로
추위와 살육에 떨고 있는데
열사의 땅 중동에선
공차기 축제로 열기가 뜨겁다

나라마다 살상무기를 끌어안고
탐욕과 축재에 골몰하는 동안
대자연은 망가져 피폐해지고
인류는 갈수록 병들어 신음한다

눈이 온다는 절기에 흰 눈 대신
때 아닌 겨울폭우가 내리고
지구는 산불로 홍수로 지진으로
대재앙을 마구 쏟아내고 있다

이제 어찌 할 것인가
이래도 책임공방은 안 끝났고
평화와 상생의 시간은
아직도 더 기다려야 되는가

*2022년 11월 28일 겨울비를 맞으며

거꾸로 가는 열차

급하다고 허둥대다
열차를 잘못 탔네

마음은 집으로 가는데
열차는 거꾸로 가네

제 갈 길로 가는 열차
잘못이 없고

열차를 잘못 탄
내 허물만 남았네

잘못 탄 열차인 것을
이제라도 알았으니

거꾸로 가는 열차에서
그만 내려야겠네

*2017년 11월 8일 서울 7호선 전철 안에서

고독(孤獨)

바람에 날리는 낙엽처럼
허공을 떠도는 구름처럼

시공간(時空間)을 아우르며
잠시 쉬어가는 삶의 여정에서

때로는 사찰의 풍경 소리가
때로는 바닷가 파도 소리가
때로는 들녘의 갈대 소리가

우리를 천 길 낭떠러지
깊은 동굴 속에 가두어 놓고
반성문을 쓰게 한다

지나온 생을 반추케 하고
거짓과 탐욕의 찌꺼기를 씻게 하고
심연 속을 헤매는 영혼까지
끄집어내어

우리를
원시의 행복으로 이끌어 준다

*2015년 11월 3일
외로운 밤에

공항(空港)의 아침

뽀얀 안개 속으로
새벽이 열리면

공항의 아침은
건전지를 갈아 낀 시계처럼
살아 꿈틀거리기 시작한다

각양각색의 사람들이
먹이와 꿀을 찾는 개미와 벌들이 되어
요란한 대이동이 시작된다

기계와 인간이 2인3각이 되어
다람쥐가 쳇바퀴를 돌듯
아주 오래 된 습관처럼 일상을 시작한다

하루 온종일
해와 달을 벗 삼고
관제탑을 등대 삼아
하늘에 거미집을 짓느라고
모두가 부산하다

공항은 그렇게
고요와 정적이 제자리 잡을 때까지
만남과 헤어짐의
인생의 교향곡을 쉼 없이 연주한다

*2016년 9월 27일 인천공항에서

깊은 숨 한 번 들이쉬며

광활(廣闊)한 우주공간(宇宙空間)에서
새삼스레 나의 존재를 각인(刻印)시키는
다양한 편린(片鱗)들

사랑하는 사람들
수많은 생명체와 명소(名所)들
극적인 기적(奇蹟)의 순간(瞬間)들

낮과 밤의 조화(造化)
춘하추동(春夏秋冬)의 순환(循環)
창공에 빛나는 일월(日月) 성좌(星座)

운우풍설(雲雨風雪)과 뇌성벽력(雷聲霹靂)
산천수목(山川樹木)과 녹음방초(綠陰芳草)
계절 따라 익어가는 탐스런 열매

밀림(密林)과 평원(平原)을 달리는 동물들
물속을 누비는 해조류(海藻類)와
허공(虛空)을 수놓는 비조(飛鳥)들

동서고금(東西古今)의 심오한 문헌(文獻)들
볼수록 경이로운 유물과 유적(遺蹟)들
들을수록 감동적인 음률(音律)과 진언(眞言)들

아! 어쩌면
이렇게나 많은 보물(寶物)들이
내 곁에서 오늘도 손짓하고 있건만

눈멀어 바로 보지 못하고
해찰하느라 느끼지도 못하고
무심하게 세월(歲月)만 축내고 있다면

내 어찌 감성(感性)이 있다 할 것이며
내 어찌 회한(悔恨)이 없다 할 것이며
내 어찌 생(生)을 누렸다 말할 수 있으리

*2021년 3월 15일 청명한 오후 산책길에

난세(亂世)를 위한 변명(辨明)

여보게 친구!
건강 무탈하게 잘 지내시는가
오늘이 하지(夏至)라네

일 년 중에 낮이 가장 길다고 했던가
날씨가 별로 신통치가 않네
해는 사라지고 비는 종일 찔끔거리고

오늘도 세상사는 온통
어지럽고 시끄럽기만 하네

그런데 친구여!
세상이 언제는 조용할 때가 있었던가
현재는 언제나 난세(亂世)일 뿐이었네

오늘의 시간도 흐르고 나면
역사가 되어 흔적으로 남을 걸세

날도 무더운데 열 내지 말고
하늘 한 번 쳐다보고 껄껄 웃으며
마음이나 잘 다스리시게

*2023년 계묘년
6월 21일 夏至 날에

노숙인의 삶

찌는 듯 무더운 여름날
노숙인 한 사람이
자기 키보다 더 큰 자루를 짊어지고
서울역 광장을 힘겹게 걸어간다

자루 속에는 그의 전부가 담겨 있을 터이다
집도 가구도 양식도 들어 있고
지혜를 얻는 서재와
소박한 미래의 꿈도 담겼는지 모른다

누군들 다르랴
천하를 호령하는 왕후장상도
천금을 희롱하는 거부도
명성이 하늘까지 닿은 선지자도

무거운 자루를 짊어지고
사막에서 길을 찾아 헤매는
고달프고 외로운
다 같은 노숙인의 삶이다

*2016년 6월 14일 서울역 광장에서

눈물 한 방울

그대는 언젠가 한 번쯤
피보다 진한 참회의 눈물을
흘려본 적이 있는가

후미진 산골짜기나
다락방이라도 들어가
실컷 목 놓아 울어본 적이 있는가

그대는 억울한 누명을 쓰거나
떠나버린 사람이 사무치게 그리워
세상 끝에 서서 울어본 적이 있는가

그대는 끝없는 고난 속에서도
절망을 딛고 일어선 인간승리에
감동의 눈물을 흘려본 적이 있는가

애타게 찾던 아이가 다시 돌아와
엄마 품에 안겼을 때나

혹은 천 길 낭떠러지 바위틈에서

활짝 웃고 있는
꽃 한 송이를 보았을 때

그대는 가슴 찡한
희열의 눈물을 흘려본 적이 있는가

정녕 피보다도 더 진하고
용광로보다 더 뜨거운
그러한 눈물을 단 한 번이라도
흘려본 적이 있는가

*2017년 4월 10일 어지러운 군중 속을 걸으며

다산(茶山) 묘제(墓祭)

다산선생 가신 지 어언 180주년

경향 각지 각성바지 후학들이 모여
소박한 상 차려놓고
존경과 흠모의 마음으로
선생의 높고 큰 덕을 기린다

머나먼 남쪽 지방 강진 초당
인고의 세월 18년

주옥 같은 방대한 저술로
지극한 애국 애민의 경륜으로
우리가 나아갈 길을 밝혀 주셨으니

후학들이여!
지사들이여!
경세유표 목민심서 가슴에 새겨
만세에 빛날 나라를 만들어 가세

*2016년 4월 7일, 다산선생 180주기 묘제에서

동맹관계(同盟關係)

친밀한 사이일수록
존중(尊重)이 기본(基本)이고

가까운 이웃일수록
화합(和合)이 미덕(美德)이며

동맹국(同盟國)이라면
공존(共存)이 생명(生命)이다

*2019년 8월 주변국들의 탐욕의 행태를 보며

마음 한 점

여린 상추 모를 심은 지
얼마 되지 않았는데
언제 벌써 자라나
초록빛 이파리가
화분 주변을 휘감아 버렸네

무릇 거대한 역사의 시작도
작은 마음 한 점에서 시작되고
철옹성의 요새도
개미구멍 하나로 무너짐이
만고의 진리로세

*2015년 5월 10일 집 뜰에서

문병(問病)

감기몸살이 와서
무기력하게 누워 있는데
문병객들이 몰려와 성화다

먼저 난화분이 말한다
일어나셔야죠

벽에 붙은 달력도
이제 그만 일어나세요

책꽂이의 책들도
창밖의 햇살까지
어서 일어나라고 다그친다

그렇다
일어나야 한다
그것이 삶이다

나는 그들의 기를 받아
벌떡 일어나서 기지개를 켰다

*2014년 甲午年
10월 20일 오후에

막차로 온 사람들

자정이 넘은 시각
지하철 역사를 서성이며 아내를 기다린다

전광판에
'다음 열차 없음' 이라는
글씨가 뜨는 걸 보니
지금 도착한 열차가 막차인 걸 알겠다

하루를 분주히 보내고
이 차를 놓칠까 봐 쫓기듯 서둘러
막차를 타고 온 사람들이
개찰구로 쏟아져 나오는데
하나같이 지친 모습이 역력하다

승객 한 명이 하품을 하니
마중하는 역무원도 하품을 한다
나도 덩달아 하품이 나온다
사람들은 순식간에 다 흩어지고
조용해진 역사를 걸으면서 생각한다

막차를 탄 사람들
막차를 놓친 사람들
마중을 나온 나와 막 도착한 아내
역사 출입문을 걸어 잠그는 역무원

우리 모두는 막차의 사람들이 아니고
맨 먼저 오늘을 맞는 첫차의 사람들이라고
삶이란 또 다른 시작일 뿐
막차는 없는 것이라고

*2016년 10월 20일 자정 지하철역 대합실에서

민들레처럼 인동초처럼

보라!
그 옛날 바닷가에 모닥불 피워놓고
밤하늘의 별을 헤던
남도의 소녀들이여!

세월이 흘러 또다시 만나
샛별 같은 눈동자 정겨운 눈빛으로
무지개처럼 찬란한 새 희망을 꿈꾼다

오래도록 이어온 아름다운 전통
인정 가득한 뜨거운 손길
쉼 없이 걸어온 고귀한 발걸음

낮은 곳에 있어도
멀리 꿈꾸는 민들레처럼
눈비에 젖어도
본성을 잃지 않는 인동초(忍冬草)처럼

약한 듯 강하고 강한 듯 부드러운
비단결처럼 곱디고운

남도의 여인들이여!

무등산의 맥박과 동백꽃의 정절을
켜켜이 가슴에 품고 사는
향기로운 그대들이여!

그대들이 가는 길엔 언제나
사랑과 꿈과 빛이 따를지니

청명한 팔월의 밝은 달 아래
함께 손잡고 일어나

진도아리랑 가락에 맞추어
강강수월래 노래를 목청껏 부르시라
이 밤이 가고 새날이 밝을 때까지

*2020년 8월 20일 광주전남 여성향우회를 축하하며

바보놀이

뜰에 낙엽 지는 소리를 듣고서야
봄에 씨 뿌리지 않았음을

배의 거북한 포만감을 느끼고서야
입맛의 유혹에 속았음을

반드시 타야 할 차를 놓치고서야
작은 시간의 귀중함을

정성을 다하는 환대를 받고서야
평소 친절에 인색했음을

모두 떠나고 혼자 남은 뒤에야
사랑하기에 게을렀음을

아! 우리는
언제나 지나고 나서야 후회하는
바보놀이를 오늘도 내일도
계속 하고 있는가

*2015년 乙未年 11월 6일
　오후 산책길에

불량품 경매장

오늘도 불량품 경매장이 섰다
간혹 정품도 있긴 하지만
대부분 불량품이나 모조품이다
불량품은 금방 표가 나지만
모조품은 워낙 정교해서
사람의 마음을 교묘히 훔친다

셀 수도 없는 불량품들이
매일 무더기로 쏟아져 나온다
재고처리도 하기 전에
벌떼처럼 사라고 윙윙거린다
고객의 취향은 무시한 채
독배를 마시라고 들이민다

한 땀 한 땀 정성으로 수놓아
매운 솜씨 자랑하던
장인들은 다 어디로 가고
사이비만 남아 춤을 춘다
감별능력 상실하면
불량품 공세에 당하고 말겠다

*2019년 7월 25일
   가짜뉴스를 경계하며

비움과 채움

비움은 축복이니
채워지지 않음을 한탄하지 마라

인간의 삶도
자연의 질서도
비움으로 시작하고 채움으로 끝난다

비울수록 행복하고
채울수록 불안하다

잉태되는 욕심을 단숨에 잘라내고
온전히 비워야 안식을 얻는다

*2017년 1월 16일 밤 기도 중에

산길을 걸으며

산길을 걷다 보면
건너편 산등성이가 좋아 보일 때가 있다

그곳으로 가 보면
또 다른 곳이 손짓하며 유혹한다

인생길도 그렇게
더 좋은 곳을 찾고 찾아 헤매고 다니다가

흘려 보낸 시간이
되돌릴 수 없음을 깨닫게 될 즈음에야

인생길 산길이
둘이 아닌 하나의 길임을 알게 된다

*2015년 10월 5일 아내와 산길을 걸으며

상실(喪失)의 시대

가을비가 여름날 소나기처럼 퍼붓고 있는
9월 하순 서울 도심의 오후

20대 청년인 듯싶은 젊은이가
길가 계단에 주저앉아 망연자실한 표정으로
땅바닥에 고개를 처박고 있다

이 세상 근심을 혼자서 다 짊어진 것처럼
다시는 하늘 같은 것은 볼 일이 없는 것처럼
두 다리 사이로 머리만 수직 낙하하고 있다

천근같이 무거운 십자가를 짊어지고
골고다 언덕을 홀로 오르던
예수가 저처럼 고독했을까

소주병 몇십 개를 비우고 또 비워내도
좀처럼 취기가 오르지 않는
부도직전에 놓인 대기업 회장의 표정이 저랬을까

나라의 명운이 걸린 중요한 전쟁에서 패해

병사를 다 잃고 홀로 살아남은
장수의 표정이 저 모습이었을까

말을 걸기도 전에 폭발해 버릴 것만 같은
바위처럼 굳어 있는 그 청년의 목덜미 위로
추석 명절 행복하라는 현수막이 나풀거리고 있다

*2023년 癸卯年 9월 20일 비 오는 날 오후

제4부

지하철의 얼굴들

선택(選擇)

흰 천으로 가려진 좁은 공간에서
고무줄에 매달린 채
대롱거리는 붓뚜껑을 붙잡고 생각한다

종이에 보이는 것은 숫자와 글씨뿐인데
무엇이 무엇인지 알지 못하겠는데
십만 분의 일도 채 모르겠는데

까만 글씨들만 눈을 부릅뜨고
독일 병정들처럼 일렬로 서서
순간의 선택을 명령하고 있다

심란한 일을 마치고 흰 천에서 벗어나도
어디에선가 또 다른 소리가 들린다
산다는 것은 결국 선택하는 것이라고

아침부터 밤에 잠들 때까지
요람에서 무덤에 내려질 때까지
끊임없는 선택뿐이라고

목덜미를 거머잡은 견고하고 완강한 손은
매번 불완전한 선택을 강요하고 있다

*2018년 戊戌年 6월
8일 선거투표장에서

술래놀이

파란 하늘 흰 구름 속에 숨은
예쁜 눈썹달이 술래놀이를 하잔다

바다에선 배들이 등대를 찾아
산과 들에는 벌 나비가 꽃을 찾아
술래놀이를 즐긴다

자연의 술래놀이는 재미지고
희망이 있고 질서와 낭만이 있다

사람이 사는 것도
한바탕 술래놀이가 분명할진대

자꾸 숨으려고만 하지 말고
기꺼이 술래가 되어 보람을 찾자

*2017년 11월 20일 국회도서관에서

씁쓸한 퇴장

길거리에서
여기저기 나뒹굴고 있는
버려진 마스크를 본다

한동안 주인은
필요한 물목이라
알뜰하게도 챙겼을 것이다

그러나 주인과의
달콤한 입맞춤의 밀월은
그리 오래가지 않는다

싫증이 나거나
쓸모가 없어지면
주인은 가차 없이 버린다

야속하지만 할 수 없다
마스크의 운명은
주인의 선택에 달려 있으니

*2020년 庚子·年 4월 15일
총선거일에 버려진 마스크를 보고

약육강식 적자생존

햇볕 잘 드는 양지쪽에
줄줄이 매달린 곶감 위로 모여든 파리들
주인은 곶감을 지키려고
파리채를 마구 휘두른다

예전부터 그랬다
만물의 영장도 정글의 제왕도
더 많이 차지하려는 탐욕의 파리채는
쉼 없이 춤추고 있다

노비, 노예, 농노란 이름으로
가축처럼 쇠사슬로 묶어놓고 사고팔며
무자비하게 짓밟았다
강자의 파리채는 현재도 진행형이다

하늘도 이 사실을 알고 있는가?
하늘도 알고 있지만 어찌할 수 없는가?
아니면 하늘도 파리채의 주인인 것인가?

*2014년 10월 세계독재자들의 횡포를 보며

신(神)의 봉쇄령(封鎖令)

경자년 새해
신의 한 수는 봉쇄령이었다
인간에게 내린 철퇴였다

지금의 자리에서 꼼짝 말고
얌전하게 있으라 한다

천으로 입도 봉하고
기침도 참으라 한다
이웃도 만나지 말라 한다

행동거지 조심하고
큰소리도 내지 말고
국경도 꽁꽁 닫아걸고
가무도 여행도 삼가라 한다

무조건 참고 견디라 한다
어기면 가혹한 대가가 따른다
참으로 무서운 형벌이다

도대체 인간에게
무슨 잘못이 있기에
이리 하는 것일까
신의 특권남용이 아닌가

왜 천부의 자유마저 통제하고
침묵을 강요하는 것일까

인간의 방종이 지나쳤을까
무분별한 소통 탓이었을까

우선은 분노를 거두고
조용히 성찰하며
그 이유를 알아야겠다

허물이 있으면 반성하고
잘못이 없다면
계엄령보다 더 지독한
봉쇄령 해제를 요구해야겠다

*2020년 庚子年 3월 28일
 코로나19 지구촌 재난을 보며

오래된 신발

오래된 헌 신발은
신기엔 편하지만
수선이 필요하고

새로 산 신발은
적응하는 동안
시간이 필요하다

서둘러 버리거나
성급히 포기하면
후회가 남게 된다

새로 산 신발
오래된 신발 모두
그 쓰임이 중요하다

*2020년 4월 20일 선거 결과를 보고

이 사람아

내일도 해는 동쪽에서 뜨고
물은 낮은 곳으로 흐른다네

밤하늘의 별자리도
그 자리를 지키고

지붕의 낙숫물은 어김없이
제자리로 떨어지네

창공을 날아가는 기러기도
그들만의 질서가 있고

들판의 수목들도 때가 되어야
열매를 맺지 않던가

자연의 섭리와
세상의 이치가 그러하거늘

억지로 욕심부리지 말고
때를 기다리게나   *2017년 1월 30일 지인을 위로하며

저출산 자화상

어린이대공원에
어린이보다 어른이 더 많은 것은
예삿일이 아니다

어른 두세 명이
어린이 한 명을 데리고
공원을 찾는 것도
이젠 낯선 풍경이 아니다

어른들 차지가 되어 버린 쉼터엔
생기 대신 적막이 흐른다

한 무리의 어린이들을
어른 한 명이 거느리고
동물원 식물원으로 향하고

동심 어린 눈동자 반짝이며
왁자지껄 뜀박질하던 그 시절은
전설의 늪 속으로 빠져드는가

*2021년 辛丑年 여름
어린이대공원에서

지하철의 얼굴들

땅속 깊은 곳에 지네처럼 꿈틀대며
도시의 속살을 헤집고 다니는
괴물과 그 속에 갇힌 사람들

날마다 시계추처럼 맴도는
무겁고 무심한 얼굴 얼굴들
잠깐의 만남과 이별은 습관처럼 굳어지고

남녀노소가 함께 어울렸으나
생각도 방향도 느낌도 다른
지향점도 구심점도 없는 침묵의 세계

그들은 오늘도 약속이나 한 듯
급한 발걸음으로 땅속으로 내려
시공간의 줄타기 경주를 하고 있다

*2014년 甲午年 11월 11일 지하철을 타며

작은 혁명

세 살배기 아기가
장난감으로
탑 쌓기 놀이를 하고 있다

그런데
조심스레 쌓아도
자꾸만 무너져 내리고 만다

맨 밑에 놓인 받침 장난감이
작고 부실하기 때문이다

그 원인을 알지 못한 아기가
그보다 큰 것을 얹으려 하니

아무리 애를 써도
무너져 내릴 수밖에 없다

그렇게
한참 동안을 반복해도
무너져 내리기만 하자

아기는 갑자기
장난감을 다 쓸어 버린다
그리고는 다시 시작한다

그중 제일 큰 것을 골라서
밑받침으로 놓은 것이다

그렇다
이제는 어느 것을 올려도
쉽게 무너져 내리지 않는다

아기의 탑 쌓기는
멋지게 성공을 했다
입가에 흐뭇한 미소가 번진다

*2019년 己亥年 10월 5일 낮에

찬란한 아침

춘삼월 이른 아침 뜰에 나서니
어제 못 본 매화가 방긋 웃는다

목련꽃 봉오리는
방울방울 터질 듯이 맺혀 있고

찬바람에 피다가 만 개나리는
따스한 한낮을 기다린다

라일락 초록빛 새순도
덩달아 다투어 돋아나니

한꺼번에 들이닥친 봄꽃 유희에
봄날의 아침이 찬란하여라

*2017년 丁酉年 3월 20일 이른 아침에

침묵의 교훈

길 한 모퉁이에 홀로 앉아
도라지 껍질을 벗기는 할머니

보자기 하나 펼쳐놓고
도라지를 파는지
시간을 파는지

도라지 향으로
오염된 인심을 씻으려는 듯
희망의 씨앗을 심으려는 듯

눈길 주는 사람 없어도
세상을 향해
침묵의 회초리를 든다

과한 욕심을 버려라
게으름 피우지 마라
할 수 있음에 감사하라

오늘도 할머니는
도라지 껍질을 벗기고 있다

*2014년 12월 30일
한겨울 길을 걷다가

탄식(歎息)

산비탈 메마른 땅에
꿈의 씨앗 뿌렸는데

멧돼지와 새떼들
광풍까지 불어와

피땀으로 지은 농사
사정없이 짓밟으니

꿈을 잃은 밭고랑엔
찬바람만 불고 있네

* 2020년 7월 16일 초복날 영세자영업자들의 도산 소식을 듣고

필리핀이여 일어나라

언제였던가
불의 울분이 지축을 흔들어
칠천백일곱 개의 파편으로 흩어져 내린
아시아의 숨겨진 보석 필리핀

고요와 정적을 시샘한 무례한 불청객들의
살육과 탐욕의 분탕질 400여 년

그 길고 긴 인고의 세월을 넘어
고통과 시련을 걷어내고 분연히 일어서서
새로운 도약을 꿈꾸는 섬의 나라

이제 미래의 영광은 그대들의 것이다
필리핀이여 일어나라
세계를 향해 도약하라

*2017년 丁酉年 3월 8일 필리핀 방문 중에

콰이강의 다리

원시의 고요를 간직한 땅
'칸차나부리'에
초대받지 않은 손님이 찾아와
독을 품은 뱀처럼
혀를 날름거리며 마수를 뻗치니

수수만년 고요히 흐르고 있던
'콰이강'은 비명을 지르고
초목들은 빛을 잃었다

평화의 정적은 깨지고
살을 저미고 뼈를 깎는 진통은
오래도록 멈출 줄 몰랐다

포로로 전락한 푸른 눈의 전사들은
전쟁을 고발하고 인간승리를 위해
지친 영혼과 육신을 던졌다

쌓고 무너지고
또 올리고 다시 내려앉으며

좌절과 갈등 속에 완성한 나무다리
그 이름 '콰이강 다리' 여

다시 시간이 흐르고
2016년 9월 27일 오후 4시
한 동방의 사나이가
그 다리 위에 서서 평화를 외친다

'칸차나부리' 여!!
콰이강의 다리여!!
영원하여라

*2016년 丙申年 9월 27일 태국 칸차나부리에서

투쟁(鬪爭)의 역사

러시아와 우크라이나가 싸운다
하마스와 이스라엘도 싸운다
북극해에서 남중국해에서
미얀마에서 아프리카에서도 싸운다

민족과 종교 때문에 싸우고
이념과 자원 때문에 싸우고
최강자가 되기 위해 싸운다

칼과 창과 활 대신 총을 쏘고
탱크가 내달리고 로켓과 드론이 날고
미사일과 핵폭탄이 쌓여 간다
사람들이 죽어가고 건물이 무너진다

그래도 싸운다 계속 싸운다
어제도 싸우고 오늘도 싸우고
내일도 또 으르렁대며 싸울 것이다

누가 옳고 누가 그른지 그런 것은
별로 중요하지 않다

알려고 하지도 않는다
모두가 내가 옳다고 주장하며
오직 승리를 위해 돌진할 뿐이다

다른 한쪽에서는 벌써부터
또 다른 싸움판을 벌이기 위해
눈을 번득이며 준비운동을 하고 있다

싸움을 말리는 사람은 없고
서로 편을 나누고 부추기며 몸집을 키워
더 큰 싸움판을 벌이려고 한다

지구가 연일 흙먼지와 연기에 휩싸인다
청년들이 붉은 피를 흘리며 쓰러진다
어린이와 여인들이 울부짖는다
노인들이 땅을 치며 통곡한다

그래도 또 싸운다 계속 싸운다

탐욕의 씨앗은 날이 갈수록 기승을 부리고

뱀의 혓바닥처럼 살아서 날름거린다
그들의 싸움판은 아직 끝나지 않았다

이 추악한 악의 집합체 전쟁의 광풍
인류의 갈등과 투쟁의 역사
과연 그 끝은 언제인가

*2023년 癸卯年 11월의 끝자락에서

행복한 사람이란

가슴 속에는 따뜻한 사랑이

둥지에는 사랑스런 가족들이

손에는 진리를 담은 책이

식탁 위에는 소중한 음식이

마음 속에는 한가로운 여유가

항상 숨 쉬고 있는 사람이다

*2016년 丙申年 6월 13일 아침나절에

한밤중 시계초침 소리는

별마저 잠든 고요하고 깊은 밤
조심스레 적막을 깨는
시계의 초침 소리는

까마득하게 잊고 있던
자아를 재생시키는 소리다

재깍 재깍 재깍

그 소리는
선악(善惡)의 경계마저 허물고
시공(時空)을 초월해
우주를 관통하는 소리요

정밀하고 세밀하게
세월과 역사를 재단하는 소리다

재깍 재깍 재깍

한밤중 잠 못 이루는 밤에 듣는

시계의 초침 소리는

잡다한 세상사(世上事)를
하나도 빠짐없이 숫자판에 새겨
미래의 길을 다듬어 내는
사관(史官)의 글 쓰는 소리다

*2019년 3월 25일 잠 못 이루는 밤에

후회(後悔)

별 생각 없이
벌레 한 마리를 발로 찼는데

놀란 벌레가 뒤집힌 채
발버둥을 치고 있다

나의 치기 어린 행동 하나가
나와 다른 누구에게는
생사가 달렸으니

이제 다시는
후회를 남기지 않으리라

너와 나의 공포와 환희가 같고
너와 나의 생명의 귀함도
결코 다르지 않으리니

*2016년 丙申年 4월 22일 오후에

제 5 부

자연과 인간

가는 세월

봄이 오면
꽃들이 피고

봄이 가고
꽃들이 지고

무더운 여름
밤하늘에
별이 빛나고

가을이 오고
풀벌레가 울고
단풍이 들고

낙엽을 태우고
눈이 내리고

또 봄이 오고
꽃이 피고
세월이 가고

*2016년 9월 18일 북한산에서

계곡 도량(道場)

깊은 계곡 푸른 이끼
사바세계 벗어났고

흰 바위 씻어내는
물소리도 해탈(解脫)했네

천년 공(供) 뿌리내린
바위 속 풀 한 포기

산마루에 가부좌 튼
해오라기 삼매경(三昧境)

하나같이 득도(得道)하여
미동(微動)조차 없구나

*2018년 7월 15일 용소계곡에서

고석정(孤石亭)의 꿈(夢)

천년 꿈 서린 철원평야 황금벌에
눈부시게 펼쳐진 꽃들의 향연

꽃들도 웃고 사람도 웃고
하늘까지도 미소 짓고 있는데

억새꽃 그늘 밑 이름 없는 들풀은
그들이 웃는 뜻을 알지 못하네

오늘도 무수히 발돋움하며
금학산 정상까지 오르려 하건만

뉘라서 그들의 천년 소원을
꽃잎에 입 맞추듯 어루만져 주리

임꺽정의 호령 소리 들풀들의 꿈
고석정 푸른 물 아래 맴돌고 있네

*2023년 계묘년 10월 8일 철원에서

기다림

붉은 해가 지려면
아직도 멀었는데

저 하얀 반달은
무에 그리 급해서

핼쑥한 얼굴로
임 마중을 나왔나

애타게 기다려
임의 품에 안기면

둥글고 아름다운
보름달이 되겠네

*2017년 6월 5일 낮에 나온 반달을 보고

기억(記憶)의 반란(叛亂)

여섯 살 어린 나이에
할아버지 책 삼국지를 읽었다
제삿날 자(子)시가 되기를 기다리면서
어른들이 나에게 아무 이야기나
해보라 했다
나는 기억(記憶)을 되살려가며
삼국지를 이야기했다
도원결의부터 또박또박 엮어나가니
어른들의 칭찬이 자자(藉藉)하였다

하룻밤 긴 꿈을 꾸고 나니
머리에 하얀 서리가 내렸다

어느새 훌쩍 커버린 손자 장난감을
아래 손자 주려고
이름표까지 붙여 갈무리했다
이튿날 아내가 그 장난감을 찾는데
생각이 나질 않는다
잘 포장해 둔 것만 생각날 뿐
어디에 두었는지 빙빙 돌기만 한다

그 충직(忠直)하던 총명(聰明)은
나에게 반기(叛旗)를 든 것인가

*2021년 辛丑年 9월 22일 추석 다음날

낙엽(落葉)의 소리

가을에 잎이 지는 모습은 쉽게 볼 수 있어도
잎이 지는 소리는 여간해서 듣기가 힘들다

오랜 침묵과 기다림
경청(傾聽)의 뒤끝이라야
비로소 그 소리를 들을 수 있다

치열했던 낙엽의 일생

먼 산에 눈이 녹기 전부터 잎 피울 채비를 하고
찬바람이 오기도 전에 내려놓을 준비를 한다

낙엽은 몸은 비록 허락하나
영혼(靈魂)까지 팔진 않는다
송죽(松竹)처럼 강하진 않아도 기꺼이 자신을 태우고
영락(零落)의 세계로 들어가 또 다른 환생을 꿈꾼다

그래서 낙엽의 소리는 가벼이 들을 수가 없다

누구라도 들을 수 있지만 아무나 들을 수 없는 소리
고금(古今)을 관통하는 우주의 소리다

*2017년 丁酉年 11월 14일 광명시 오리서원(梧里書院)에서

도봉산역에서 자운봉을 바라보니

태고의 위엄 서린
자운봉(紫雲峰)이 웃고 있다

한 백 년 채우기가
힘에 겨운 군상들이
티끌 같은 인간들이

나는 옳고 너는 틀려
아옹다옹 싸우다가
눈이 녹듯 자취 없이 사라지니

수수만년 쌓이고 쌓인 허무에
이젠 흥미(興味)마저 잃어
자운봉이 웃는가 보다

*2020년 庚子年 가을 도봉산역에서

마음 속 꽃 한 송이

심란(心亂)한 날엔
고개를 들어 창공을 보오
떠도는 구름도 무방하오

아무리 인생이
마음먹기라지만
누가 쉬이 감당하리오

조금만 눈여겨보면
아귀다툼이 지천이요
백팔번뇌가 겹겹이오

하여 눈길은 되도록
높이 아주 높이
올려다보길 권하오

정녕 내려다보려거든
마음 속 꽃 한 송이쯤
피워 놓고 보오

*2019년 10월 15일
　맑은 가을 하늘을 보며

목욕탕

사방이 밀폐된 공간
희뿌연 증기 속에서
원시를 향한
거룩한 의식을 행한다

가식의 껍질을 벗어던지고
태초의 제 모습을 찾기 위한
간절한 몸짓이 애처롭다

뱀이 허물을 벗듯
한 꺼풀 두 꺼풀 벗고 또 벗으며
모천을 향한 연어들처럼
귀향을 꿈꾸지만

수수만년
천형처럼 짊어진 낙인을
어쩌지 못하고
또다시 고달픈 육신을
위선의 파편으로 감싼다

*2017년 丁酉年 1월 15일 목욕탕에서

무의도 선착장에서

안개 속에서 이슬비는 오락가락
하늘도 웃을 듯 말 듯
방황하고 있는 오후

한가로운 무의도 선착장 아래
낚싯대를 드리운 채 나란히 서 있는
젊은 아비와 어린 아들

저 아비는 아들에게
고기를 잡아주려는 것일까
고기 잡는 법을 가르치려 함인가

저 멀리 보이는 인천대교 위를
잠자리 같은 비행기들이 꼬리를 물고
활주로에 내려앉는다

저 비행기들은
어디서 누구를 태우고 와서
내일은 또 어디로 가려는 것일까

배를 기다리는 우리는
어디로 향하고 있는 것일까
제 갈 길을 가고 있는 것일까

한여름날 흐릿한 선착장 위로
무심한 갈매기만 어지러이 날고 있다

*2016년 7월 17일 무의도 선착장에서

무제(無題)

만나면 손 맞잡고
얼싸안던 그대가

틈이 나면 모여 앉아
고달픈 인생길
다독이던 우리가

공항마다 설레는 마음
가득하던 인파가

국경은 꽁꽁 문 걸어 잠그고
얼굴은 가린 채 주먹을 들이밀고
살고 싶거든 혼자가 되라 하니

이것이 정녕
미생물의 반란인가
신의 징벌인가
인류의 업보인가

*2020년 12월 12일 코로나19로 답답한 날에

바람 부는 날

바람 부는 날이면
옛 친구가 생각이 나요

젊은 날 꿈꾸던 무지개 꿈은
구름 타고 하늘로 날았었지요

바람 부는 날이면
옛사랑이 생각이 나요

마을 오솔길을 휘파람 불며
다정하게 손잡고 걸었었지요

지나간 그 시절 애틋한 사랑
이제는 추억만 남아있네요

바람 부는 날이면
그 시절이 그리워져요

*2016년 5월 4일 바람 부는 날에

불의 고리

그의 울음이 언제부터 시작되었는지
아무도 모른다

숫구치는 욕정을 애써
천 길 땅속에 감추고
속울음을 오래도록 울고 있었다

가끔 한 번씩 어쩔 수 없이
절제된 울음을 토해내곤 했지만
수천 수억 광년을
불쑥불쑥 치숫는 분노를 묻고 묻으며
아무도 몰래 울고 있었다

그가 그렇게 몸살을 앓는 동안
등에 업혀 자고 깨고
품에 안겨 놀고 먹으며
성냥개비 집을 짓고 탑을 쌓던 우리는

어느 날인가
그의 큰 울음소리를 엿듣고 말았다

그의 무서운 분노도 알아버렸다

그때부터 조심조심 다독이며
속울음 멈추기를 기다렸는데
어찌하다 치기를 드러내
불의 고리를 건드리고 말았으니

이제 누가 말릴 것인가
이성을 잃은 분노의 포효를
그 광적인 울음을

이제 어찌 달랠 것인가
천지를 뒤흔들며 통곡하는
그 뜨거운 눈물을

무슨 그릇이 있어 쓸어 담고
누구의 가슴으로 품어 안을 것인가

*2016년 4월 지구촌에 닥친 연쇄 지진을 보며

사마귀

사마귀 한 마리가
방충망에 붙어 벌써 열흘째
미동(微動)도 없다

풀잎 이슬도
꽃잎 향기도 간절할 터인데
식음을 전폐하고 거꾸로 매달려
면벽수련(面壁修練) 중이다

새들도 울음을 삼키고
실바람도 비켜 간다

사마귀님이시여!
깨달음에 이르거든 가르침을 주오

*2014년 10월 벽에 붙어 있는 사마귀를 보고

산다는 것

세상을 산다는 것은 소통하는 것이다
해와 달, 꽃과 나비
암벽에 매달린 이끼나
해변의 조약돌까지도
자연과 호흡하며
더불어 살아가는 것이다

사람이 산다는 것은 생각하는 것이다
생각하고 또 생각하며
꿈꾸는 것이다
꿈꾸지 않는 삶은
사는 것이 아니고
그냥 숨만 쉬는 것이다

우리가 산다는 것은 사랑하는 것이다
사람을 사랑하고
자연을 사랑하고
감사하는 것이다
서로 의지하고 배려하며
그렇게 함께 하는 것이다   *2017년 2월 8일 새벽 참선을 하며

산정호수에서

깊은 산중 바람도 잠든
고즈넉한 호수에

소나무들은 진초록 물에
그림자를 드리우고

호수 주변을 걷는 사람들
물속 나무에게 절을 하네

*2017년 3월 19일 산행길에

제**6**부

아름다운 세상

새들의 노래

해뜨기 전 이른 아침
청아하게 울려 퍼지는
새들의 지저귐을 들어보라

그 소리는 빛이요 희망이다
천지만물을 깨우는 소리요
천상에서 들려오는
오케스트라의 선율이다

일상의 고단함도
풀리지 않는 갈등도
심신의 고통마저 치유해 주는
마법의 소리다

아침 일찍 일어나
하늘소식 절절하게 전하는
사랑과 평화의 소리를
귀 기울여 들어보라

*2016년 6월 18일 아침에

세수하기 싫은 날

오늘은
그냥
이대로 있고 싶다
요람 속 아기처럼

오늘은
세수도 면도도 하지 말고
맨얼굴로
나서고 싶다

오늘은 생각나는 대로
발길 가는 대로
아무 곳이나
가서

나처럼
세수하지 않은 이들과
가난한 눈빛을
나누고 싶다

*2015년 1월 30일 무념무상(無念無想)이 그리운 날

생명

하늘이 닿을 듯 아득한
절벽(絶壁) 위 위태롭게 솟은
바위틈에 매달린 소나무

포탄이 빗발치는 전란(戰亂) 중에
패인 웅덩이 속으로 들어가
홀로 아기를 낳은 산모

달걀 속에서 천시를 기다려
어미 새끼 한 마음으로
세상과 소통하는 병아리

고압전선이 흐르고 있는
가로등 철제기둥 속에서
새끼를 먹여 기르는 어미새

흙더미들이 겹겹이 쌓인
난(蘭) 화분 맨 밑에 있는
숨구멍을 뚫고 나온 새싹들

아! 생명의 힘이여!
아! 생명의 고귀함이여!
아! 생명의 경이로움이여!

* 2015년 乙未年 5월 24일 일요일 오후

서호(西湖)를 기리며

항주(杭州)에 다시 와서
서호(西湖)를 바라보니
서시(西施)가 돌아온 듯
눈부시구나

고산(孤山)과 이제(二堤) 삼도(三島)
예대로인데
동파(東坡) 거이(居易) 시인들은
보이지 않고

봉황산(鳳凰山) 옥황산(玉皇山)에
둘러싸인 채
호심정(湖心亭)은 입 다물고
말이 없구나

나는 오늘 이국(異國)의
나그네 되어
한가로운 유람선에 몸을 맡기니
서호(西湖)의 맑은 물속에
중국고대(中國古代)가 비친다

그 옛날 춘추시대(春秋時代)
구천 범려 부차 오자서
지략대결(智略對決)과
와신상담(臥薪嘗膽) 오월동주(吳越同舟)
부질없건만

영웅호걸(英雄豪傑) 웃음소리
절세가인(絶世佳人) 춤사위와
시인(詩人)들의 옛 노래에
취해 있다가

한반도 우리 님 찾는 소리에
옷매무새 가다듬고 떠나야 하니
안개 품은 고운 자태 너의 모습을
언제 다시 보게 될지 기약 없구나

*2004년 여름 중국 항주(杭州) 서호(西湖)에서

선유도(仙遊島)

은빛 파도 가르며
선유도행 유람선이 춤을 춘다
예순세 개 섬과 섬 사이를
꿈길처럼 지나간다
청자빛 하늘, 하얀 구름
푸른 산과 탁 트인 바다
유유히 떠 있는 선박들
나그네의 눈길
스쳐가는 곳마다
천 폭의 수채화가 펼쳐진다

빨간 등대 위를
한가로이 노니는 갈매기는
시공(時空)을 초월한 지 오래고
아스라이 펼쳐진 김 양식장은
보기만 해도 배부르다
우산모양의 전망대 아래
우뚝 솟은 망주봉은
그리움에 젖어 있고
장자교에서 본 수려한 풍광은

감탄사가 절로 난다

신선인들 어찌 머물지 않고
지나칠 수 있으리

    *2017년 9월 20일 선유도에서

아름다운 세상

서울대공원 장미원에
빼곡히 피어 있는 꽃들이
눈이 부시게 아름다워라

그 꽃들과 어울려
재잘거리며 웃고 있는
희망의 꽃들은 더 아름다워라

자연의 꽃 사람의 꽃
사랑의 눈으로 바라보니
세상은 더욱더 아름다워라

* 2023년 6월 2일 서울대공원에서

아침에 오는 새

이름 모를 새 한 마리가
매일 나의 아침을 깨운다

낮에는 어디론가 갔다가
아침이면 어김없이 나타나
나를 깨우고 사라진다

한 번도 본 적이 없어
새의 자태도 이름도 모른다

새벽에 일어나 숨어 있다가
어떤 새인지 알아보려다
그만두었다

전설의 고향처럼 잘못하면
산통(算筒)이 깨질까 봐
그만두었다

낮에 볼 수 없는 것은
지구 반대편 사람들을
깨우러 가는지 모를 일이다

*2014년 11월 하순 이른 아침에

안일왕산 대왕소나무

새들도 울고 넘는 태백준령
금강소나무 군락지 정상에서
대왕소나무를 알현했네

그 늠름한 풍채
범접할 수 없는 위엄
붉은색 갑옷과 거친 수염

한반도와 한민족의 애환을
600년 수령의 금강소나무가
고스란히 끌어안고 있었네

한 식경의 친견을 마치고
내려오는 길

하늘엔 조각구름 한가롭고
계곡엔 청아한 물 흐르는 소리

이끼 낀 바위마다
배어있는 보부상의 땀 냄새

곧게 뻗은 금강소나무들은
우리의 미래를 응원하네

안일왕산 대왕소나무여!
이 나라 이 민족 지켜주시고
천년만년 그 기상 떨치소서

*2019년 8월 24일 울진 안일왕산에서

약속

꼭 가겠노라 해놓고
가지 못하는 이 심정을
뉘라서 알아주리

못 가는 사정
바람결에 실어 보냈건만

돌아온 임의 답장은
원망 가득한
회오리바람뿐이네

*2015년 1월 16일 파약(破約)한 날 저녁에

언제쯤이면

언제쯤이면
내 마음을 내 마음대로 온전히
품을 수 있을까

언제쯤이면
허기와 질병과 이별 앞에서
평온할 수 있을까

언제쯤이면 모기나 바퀴벌레까지도
진정으로 반기며
사랑할 수 있을까

언제쯤이면
영혼마저도 홀가분한
아름다운 눈으로 세상을 볼 수 있을까

*2015년 10월 15일 심란(心亂)한 날에

인삼(人蔘)

사람의 형상이긴 하나
사람이 아닌 너는
일구월심(一久月深)
사람이 되고자 함이 아니더냐

사람 되고픈 생각 하나
오롯이 품어
삼복염천과 모진 설한풍의
그 긴 고난의 세월 견디어내고

천지의 기운을 듬뿍 받아
끓는 물 속에서 해탈하고
사람의 몸을 빌려
진짜 사람이 되었구나

* 2014년 12월 14일 금산 白蔘 농장에서

착각(錯覺)

겨울답지 않은 포근한 날씨 탓에
목련과 개나리가 봄으로 착각하고
새싹과 꽃봉오리 서둘러 맺었는데
매섭게 들이닥친 소한추위 한 방에
딱하고 가엾게도 얼어 죽고 말았구나

우리네 인간들도 시공간 넘나드는
무상한 일장춘몽 인생인 줄 모르고
부귀와 불로장생 허망한 착각으로
보석 같은 행복을 손안에 들고서도
오늘도 허허벌판 방황하며 찾는구나

*2015년 乙未年 1월 17일 小寒날에

추석(秋夕) 월광(月光)

한가위 둥근 달빛
밝기도 하다

구름 속에 숨었다가
얼굴 내밀면

천사인 듯 연인인 듯
가슴이 뛴다

저 거룩한 달빛은
천하를 품고 있는데

아! 우리들의 빛은
누굴 감싸 안을까

*2023년 癸卯年 한가위날 밤에

파도(波濤) 인생

탐라 앞바다에 파도가 밀려온다
수백 수천 개의 파도가
마라톤 선수가 되어 내달린다

때로는 급하고 거칠게
때로는 외로움을 삼키며
쉼 없이 달리고 또 달린다

행여 뒤처질까 봐
뒤 살필 겨를 없이 앞으로만 달린다

그리도 열중하던 파도들은
방파제에 이르더니
산산이 부서져서 사라져 버린다

나도
저 파도 같은 놀음에 휩쓸려
오늘도 숨 가쁘게 내달리고 있다

*2022년 壬寅年 10월 10일 제주바다 방파제에서

타임머신

추억이 불러 찾아 나선 길
머나먼 남도 천리 길

사공의 뱃노래는 들리지 않고
갈매기만 맴돌고 있네

댕기머리 섬 색시 그리며
천사대교 건넜더니

나의 첫사랑이 다소곳이
기다리고 있었네

고이 빚은 가양주 한 병
정성 깃든 안주 한 접시

명소 명산 돌아도 보았고
진미 일미 먹어도 보았지만

뒷동산에서 그대와 따먹던
산딸기 맛에 비할 손가

파도는 속삭이듯 철썩이고
내 청춘도 되살아나고 있네

*2019년 4월 23일 신안 비치호텔에서

함께 가자

청계산 이수봉 등산길
이제 겨우 반쯤 올랐는데
힘에 부친다

나이 탓일까
날씨 탓일까

더 오를까 말까 망설이는데
천둥처럼 들려오는
누군가의 말 한 마디

힘내세요
우리 함께 가 봅시다
더디더라도 같이 갑시다

희망을 부르는 그 말
힘내세요
불가능을 가능케 하는 그 말
함께 가자

*2016년 6월 7일 청계산 이수봉 정상에서

제**7**부

시
화(詩畵) · **심재천** 作

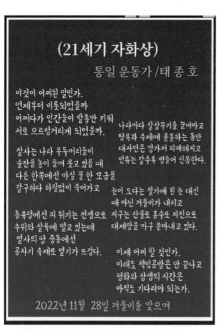

(21세기 자화상)

통일 운동가/태 종 호

이것이 어찌된 일인가.
언제부터 비롯되었을까.
어쩌다가 인간들이 발톱만 키워
서로 으르렁거리게 되었을까.

잘사는 나라 우두머리들이
술잔을 높이 들며 웃고 있을 때
다른 한쪽에선 마실 물 한 모금을
갈구하다 하릴없이 죽어가고

동유럽에선 피 튀기는 전쟁으로
추위와 살육에 떨고 있는데
열사의 땅 중동에선
공차기 축제로 열기가 뜨겁다.

나라마다 살상무기를 끌어안고
탐욕과 축제에 골몰하는 동안
대자연은 망가져 피폐해지고
인류는 갈수록 병들어 신음한다.

눈이 오다는 절기에 흰 눈 대신
때 아닌 겨울비가 내리고
지구는 산불로 홍수로 지진으로
대재앙을 마구 쏟아내고 있다.

이제 어찌 할 것인가.
이래도 책임공방은 안 끝나고
평화와 상생의 시간은
아직도 기다려야 되는가.

2022년 11월 28일 겨울비를 맞으며

거꾸로 가는 열차

~태종호~

급하다고 허둥대다
열차를 잘못 탔네

마음은 집으로 가는데
열차는 거꾸로 가네

열차는 잘못이 없고
내 허물만 남았네

거꾸로 가는 열차에서
그만 내려야겠네

정 유 년 2017년 11월 5일

계곡 도량

태 종 호

깊은 계곡 푸른 이끼
사바세계 벗어 났고

흰 바위를 씻어 내는
물소리도 해 맑했네

천년 곰 뿌리내린
바위 속 풀 한포기

산마루에 가부좌 튼
해오라기 삼매경.

하나 같이 득도하여
미동 조차
없구나

무술년 2018년 7월 15일 용소계곡에서

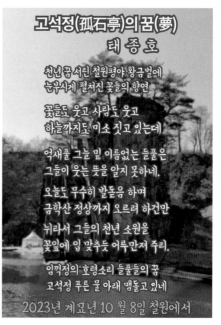

고석정(孤石亭)의 꿈(夢)

태 종 호

천년꿈 서린 철원평야 황금벌에
눈부시게 펼쳐진 꽃들의 향연

꽃들도 웃고 사람도 웃고
하늘까지도 미소 짓고 있는데

억새풀 그늘 밑 이름없는 들풀은
그들이 웃는 뜻을 알지 못하네

오늘도 무수히 발돋음 하며
금학산 정상까지 오르려 하건만
뉘라서 그들의 천년 소원을
꽃잎에 입 맞추듯 어루만져 주리.

임꺽정의 호령소리 들풀들의 꿈
고석정 푸른 물 아래 맴돌고 있네

2023년 계묘년 10월 8일 철원에서

그날
태종호

비가 내린다.
삼일절에 비가 내린다.
초봄에 주룩주룩
내리는
줄기찬 빗소리가
그날의 함성처럼
들린다.

뜰에 나가 비를 맞는다.
눈에 맺혀있는 빗방울
속에
그날의 선열들이
보인다
태극기 물결속에
대한독립만세소리
들린다
2021년 신축년 3월1일 아침에.

그리만 된다면
태종호

전철 안에서 우연히
젊고 싱그러운 군인을
본다

아! 나도모르게
저들처럼 그 시절로
돌아가고 싶어진다

지금보다 더
젊어지거나
오래 살고 싶어서가
아니다

내가 그리 되면
내가 정말 그러만
된다면

나의 어머니를
볼 수 있기 때문이다
정유년
2017년 어느날 낮에

기다림
태종호

붉은 해가 지려면
아직도 멀었는데

저 하얀 반달은
무에 그리 급해서

핼쑥한 얼굴로
엄마중을 나왔나

기다리고 기다려
임의 품에 안기면

둥글고 아름다운
보름달이 되겠네

정유년 2017년6월5일
낮에 나온 반달을 보고

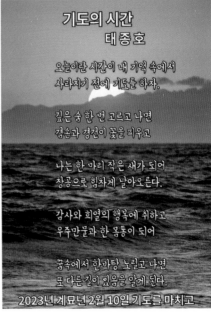

기도의 시간
태종호

오늘이란 시간이 내 기억 속에서
사라지기 전에 기도를 하자.

깊은 숨 한 번 고르고 나면
겸손과 경건이 꽃을 피우고

나는 한 마리 작은 새가 되어
창공으로 힘차게 날아오른다.

감사와 희열의 행복에 취하고
우주만물과 한 몸통이 되어

꿈속에서 한바탕 노닐고 나면
또 다른길이 있음을 알게 된다.

2023년 계묘년 2월 10일 기도를 마치고

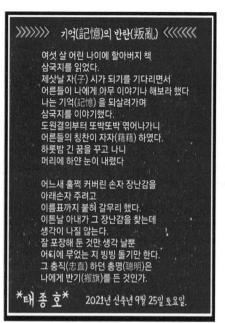

>>>>>> 기억(記憶)의 반란(叛亂) <<<<<<

여섯 살 어린 나이에 할아버지 책
삼국지를 읽었다.
제삿날 자(子) 시가 되기를 기다리면서
어른들이 나에게 아무 이야기나 해보라 했다
나는 기억(記憶)을 되살리려며
삼국지를 이야기했다.
도원결의부터 또박또박 엮어나가니
어른들의 칭찬이 자자(藉藉)하였다.
하룻밤 긴 꿈을 꾸고 나니
머리에 하얀 눈이 내렸다

어느새 훌쩍 커버린 손자 장난감을
아래손자 주려고
이름표까지 붙혀 갈무리 했다.
이튿날 아내가 그 장난감을 찾는데
생각이 나질 않는다.
잘 포장해 둔 것만 생각 날뿐
어듸에 무었는 지 빙빙 돌기만 한다.
그 충직(忠直)하던 총명(聰明)은
나에게 반기(搬旗)를 든 것인가.

태종호   2021년 신축년 9월 25일 토요일.

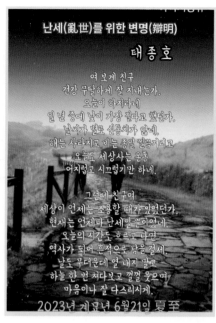

난세(亂世)를 위한 변명(辯明)

태종호

여 보게 친구
건강 무탈하게 잘 지내는가.
오늘이 하지라네
일 년 중에 낮이 가장 길다고 했던가.
날씨가 별로 신통치가 않네.
해는 사라지고 비는 종일 퍼붓겠고
오늘도 세상사는 온통
어지럽고 시끄럽기만 하네.

그런데 친구여
세상이 언제는 조용할 때가 있었던가.
현재는 언제나 난세일 뿐이었네.
오늘의 시간도 흐르고 나면
역사가 되어 흔적으로 남을 걸세.
날도 무더운데 열 내지 말고
하늘 한 번 쳐다보고 껄껄 웃으며
마음이나 잘 다스리시게.
2023년 계묘년 6월 21일 夏至

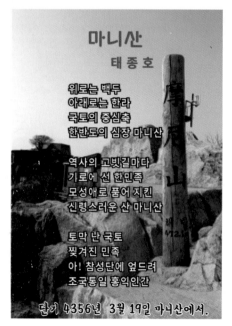

마니산

태종호

위로는 백두
아래로는 한라
국토의 중심축
한반도의 심장 마니산

역사의 고빗길마다
기로에 선 한민족
모성애로 품어 지킨
신령스러운 산 마니산

토막 난 국토
찢겨진 민족
아! 참성단에 엎드려
조국통일 홍익인간

단기 4356년 3월 19일 마니산에서.

마음 속 꽃 한 송이
태종호

심란(心亂)한 날엔
고개를 들어 창공을 보오
떠도는 구름도 무방하오.

아무리 인생 행 불행이
마음먹기라지만
누가 쉬이 감당하리오.

조금만 눈 여겨 보면
아기다툼이 지천이요
백판번뇌가 겹겹이오.

하여 눈길은 더도록
높이 아주 높이
올려 다 보길 권하오.
정녕 내려다보려거든
마음 속 꽃 한 송이
피워 놓고 보오.

기해년 2019년 10월 15일

무제(無題)
태종호
2020년 12월 15일

만나면
손 맞잡고
얼싸안던 그대가

함께 모여
인생길
다독이던 우리가

공항마다
설레는 마음
가득하던 인파가
국경은 꽁꽁
문 걸어 잠그고

얼굴은 가린 채
주먹을 들이밀고
살고 싶거든
혼자가 되라 하니.

이것이
신의 징벌인가.
인류의 업보인가.
미생물의 반란인가.

붓꽃
태종호

화려한 장미에만
눈이 팔려서
감탄사 연발하며
좋아 하다가

돌아서려는 순간
발끝을 보니
샛노란 붓꽃이
배시시 웃고
있다

무술년 2018년5월26일 서울대공원에서

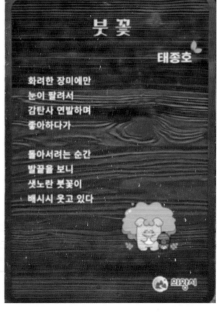

붓꽃
태종호

화려한 장미에만
눈이 팔려서
감탄사 연발하며
좋아하다가

돌아서려는 순간
발끝을 보니
샛노란 붓꽃이
배시시 웃고 있다

사랑
태종호
초록 풀잎 위에 이슬
한 방울
투명한 눈물로
앉아있다

가여린 잎새 마다
넉넉히 적셨건만
행여나 목마를까
떠나지를 못한다

햇볕 뜨거워지면
증발되는
내 어머니처럼

무술년 2018년 1월 24일 아침에

세월(歲月)
태 종 호

오랜만에 내린 눈
그저 반가워

나이 어린 손자와
눈사람 만드는데

즐거운 마음이야
손자와 같건마는

검은 머리 어느 덧
하얀 눈이 내렸네
2021년 辛丑年 1월 7일 눈 내린 날

술래놀이
태종호
파란 하늘 흰 구름
속에
예쁜 눈썹달이 숨어서
술래놀이 하잔다

바다에선
배들이 등대를 찾아
산과 들에는
별 나비들이 꽃을 찾아

술래놀이를 한다.

그들의 술래놀이는
참 재미지기도 하고
희망과 낭만이 있다
사람들도 나라들도
술래놀이를 한다
하지만
술래가 되는 건
싫어한다.

술래가 안 바뀌면
그 것은 술래놀이가 아니다

술래놀이를 하더라도
누구라도 술래가 되는
진짜 놀이를 하자.

정유년 2017년 11월 20일   국회도서관에서

안부(安否)
태종호
여보게 친구
그리운 나의 친구여

몸 건강하고
가족들 무탈 하신가

천직으로 즐기던
그대만의 평생의 業

아직도 여전히
기쁨과 보람 인가

진정으로
그대길 바란다네

혼돈으로 얼룩진
불안전한 시대지만

계절은 어김이 없네
부디 평안하시게

경자년 2020년 8월 23일 처서에

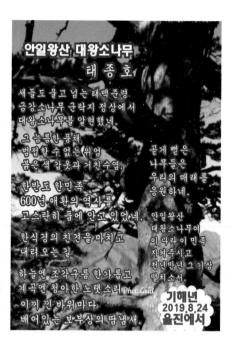

안일왕산 대왕소나무
태종호

새들도 울고 넘는 태백준령
금강소나무 군락지 정상에서
대왕소나무를 알현했네.

그 늠름한 품채
범접할 수 없는 위엄
붉은 색 갑옷과 거친 수염.

한반도 한민족
600년 애환의 역사를
고스란히 품에 안고 있었네.

한식경의 친견을 마치고
내려오는 길

하늘엔 조각구름 한아 뭉고
계곡엔 청아한 노랫 소리
이끼 낀 바위마다
배어있는 보부상의 땀냄새.

곧게 뻗은
나무들은
우리의 매래를
응원하네.

안일왕산
대왕소나무여
이나라 이민족
지켜주시고
천년만년 그 기상
떨치소서.

기해년
2019.8.24
울진에서

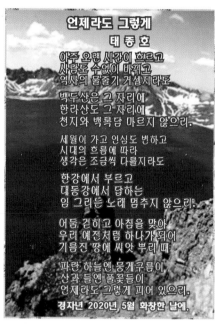

언제라도 그렇게
태종호

아주 오랜 시간이 흐르고
사람도 수없이 바뀌고
역사의 물줄기 거셀지라도

백두산은 그 자리에
한라산도 그 자리에
천지와 백록담 마르지 않으리.

세월이 가고 인심도 변하고
시대의 흐름에 따라
생각은 조금씩 다를지라도

한강에서 부르고
대동강에서 답하는
임 그리운 노래 멈추지 않으리.

어둠 걷히고 아침을 맞아
우리 예전처럼 하나가 되어
기름진 땅에 씨앗 뿌릴 때

파란 하늘엔 뭉게구름이
산과 들엔 풀꽃들이
언제라도 그렇게 피어 있으리.

경자년 2020년, 5월 화창한 날에.

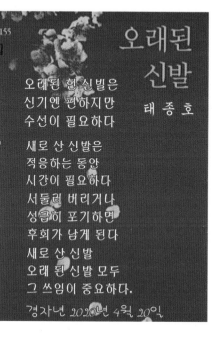

오래된 신발
태종호

오래된 헌 신발은
신기엔 편하지만
수선이 필요하다

새로 산 신발은
적응하는 동안
시간이 필요하다
서둘러 버리거나
성급히 포기하면
후회가 남게 된다
새로 산 신발
오래 된 신발 모두
그 쓰임이 중요하다.

경자년 2020년 4월 20일.

우리는 하나
태종호

앞마당에 서있는 감나무에서
아네가 긴젖대로 따 온 감 두개

하나는 고운 빛깔의
크고 잘생긴 감
또 하나는 벌레 먹은
작고 못생긴 감

양지에 마주 앉아 쥐고 다듬어
빨랫줄에 매달아 놓으니

크기는 비록 달라도
둘 다 영락없는 곶감이구나.

오리(梧里)정승을 기리며

태종호

격동의 임진왜란, 정유재란, 인조반정 등
나라가 누란(累卵)의 위기에 처할 때
온 몸을 던져 나라를 구한고
출중한 판단력과 능통한 외국어
실무적 능력을 겸비한 재상으로
실의에 비탄에 빠진 백성을 구한 거인,
그 이름 청사(靑史)에 길이 빛날
오리(梧里)정승 이원익 대감.
나라가 어려울 때마다 부름을 받았고
나라의 부름이 있을 땐
일신의 고난을 마다하지 않았네.
몸은 비록 병약하고 왜소했으나
뛰어난 경륜(經綸)으로 국난을 평정하고
한평생 애국(愛國) 애민(愛民)으로
당대에는 물론 후세 사람들이
입을 모아 한목소리로
명재상 오리정승이라 칭송(稱頌)하네.

공직에 머무는 동안에도 한결같이
옳은 일에는 소신을 굽히지 않았고
잘못된 일에는 추상(秋霜)같은
기개(氣槪)로 맞섰네,
일처리마다 빈틈이 없고
수리(數理)에도 밝았으며

오직 나라와 백성을 위한 일념(一念)뿐
붕당과 시류(時流)에 영합(迎合)하지 않았고
사명감은 투철하고 혜안(慧眼)은 빛났네,
기득권의 격렬한 반대에도
선혜청(宣惠廳)을 설치하여
대동법(大同法)을 실시하여
빈민구제와 국가재정을 안정시켰고
공직에 나가는 손자에게도 오직 하나
목민관(牧民官)의 도리만을 당부하였으니
신념과 성실, 청렴과 검박, 근검의 실천으로
공직자의 표상(表象)이 되었네.

사람의 마음은 물과 같아 흔탁한 물에서는
옥석(玉石)을 구별할 수 없다 하시며
부동심(不動心)을 몸소 실행하여
이익을 보건 치욕(恥辱)을 먼저 생각하고
사치와 허영을 경계하였으며
성품이 소박하여 벼슬을 탐 한적 없으나
3대에 걸쳐 세 임금이 영의정을 제수받고
정승으로만 40년을 봉직(奉職)하셨네,
노구에도 국사(國事)를 돌보느라
현정(賢政)이 찾았고
퇴임 후 88세로 서거할 때까지
스스로 농사짓고 돗자리를 만들어 팔아
생계(生計)를 이었으니
기거하는 두 칸짜리 초가마저 비가 새어
임금께서 관급청(官給廳)을 지어 주시고
사람들에게 그 정성을 본 받고자 당부하나니
오늘도 우리는 그 고귀한 삶을 추앙하며
청백리 오리정승이라 부르네.

~ 정유년 2017년 7월 1일 사성정(프로호)에서 ~

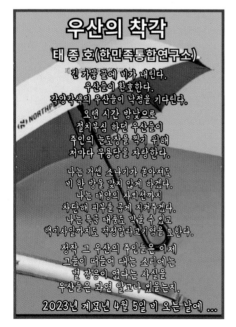

우산의 착각

태 종 호(한민족통합연구소)

긴 가뭄 끝에 비가 내린다.
우산들이 환호한다.
각양각색의 우산들이 낙점을 기다린다.
오랜 시간 밤낮으로
절치부심 하던 우산들이
주인의 눈도장을 찍기 위해
저마다 무용담을 자랑한다.

나는 거센 소나기가 쏟아져도
비 한 방울 맞지 않게 하겠다.
나는 태양의 자외선까지
차단해 피부를 곱게 지켜주겠다.
나는 특급 태풍도 막을 수 있고
핵미사일까지도 걱정말라고 허영을 토한다.

정작 그 우산의 주인들은 이제
그들이 떠들어 대는 소리에는
별 관심이 없다는 사실을
우산들은 과연 알고나 있는지.

2023년 계묘년 4월 5일 비 오는 날에 ...

이름 없는 꽃

태종호

화창한 봄날
길을 가던 아이가
활짝 핀 꽃을 보고
저 꽃이 무슨 꽃인지
모르겠다고 한다

그냥 두어라
이름이 상관 있으랴
저리 고운 자태로
오솔길을 밝히며
웃고 있지 않느냐

정유년 2017년3월30일 ~길을 가다가~

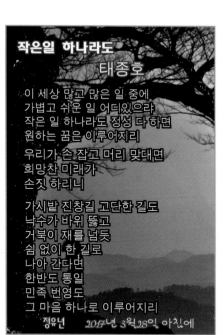

작은일 하나라도
태종호

이 세상 많고 많은 일 중에
가볍고 쉬운 일 어디있으랴
작은 일 하나라도 정성 다 하면
원하는 꿈은 이루어지리

우리가 손 잡고 머리 맞대면
희망찬 미래가
손짓 하리니

가시밭 진창길 고단한 길도
낙수가 바위 뚫고
거북이 재를 넘듯
쉼 없이 한 길로
나아 간다면
한반도 통일
민족 번영도
그 마음 하나로 이루어지리

정유년 2017년 3월 28일 아침에

작은 혁명
태종호

세 살배기 아기가
장난감으로
탑 쌓기 놀이를 하고
있다.

그런데
조심스레 쌓아도
자꾸만 무너져 내리고
만다.

맨 밑에 놓인 받침
장난감이
작고 부실하기 때문이다.

그런 이유를 알지 못한
아기가
그보다 큰 것을 얹으려
하니

아무리 애를 써도
무너져 내릴 수밖에
없다.

그런데
한참 동안을 반복해도
무너져 내리기만 하자

아기는 갑자기
장난감을 다 흩어버린다.
그리고는 다시 시작한다.

그 중 제일 큰 것을
골라서
밑받침으로 놓은 것이다

그렇다.
이제는 어느 것을 올려도
쉽게 무너져 내리지
않는다.

아기의 탑 쌓기는
멋지게 성공을 했다.
입가에 흐뭇한 미소가
번진다.

기해년 2019년 10월 8일 낮에

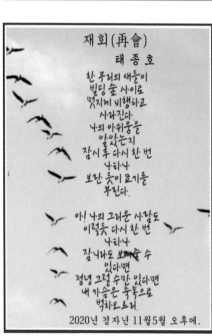

재 회 (再會)
태종호

한 무리의 새들이
빌딩 숲 사이로
멋지게 비행하고
사라진다.
나의 아쉬움을
알았는지
잠시 후 다시 한 번
나타나
보란 듯이 묘기를
부린다.

아! 나의 그리운 사람도
이렇듯 다시 한 번
나타나
잠깐이라도 보여줄 수
있다면
정녕 그럴 수만 있다면
내 가슴은 축복으로
벅차오르리

2020년 경자년 11월 5일 오후에.

저출산 자화상
태종호

어린이대공원에
어린이보다 어른이
더 많은 것은
예삿일이 아니다.

어른 두세 명이
어린이 한 명을 데리고
공원을 찾는 것도
이젠 낯선 풍경이 아니다.

어른들 차지가 되어 버린 쉼터엔
생기대신 적막이 흐른다.

한 무리의 어린이들을
어른 한 명이 거느리고
동물원 식물원으로 향하고

동심어린 눈동자 반짝이며
왁자지껄 뜀박질하던 그 시절은
전설의 늪속으로 빠져드는가.

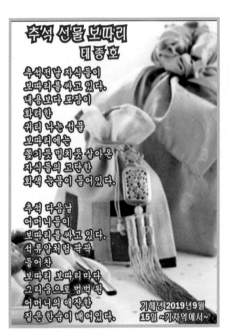

추석 선물 보따리
태종호

추석전날 자식들이
보따리를 싸고 있다.
내용보다 포장이
화려한
귀티 나는 선물
보따리에는
쫓기듯 밀쳐듯 살아온
자식들의 고단한
회색 눈물이 들어있다.

추석 다음날
어머니들이
보따리를 싸고 있다.
석류알처럼 꽉꽉
들어찬
보따리 보따리마다
그리움으로 범벅 된
어머니의 애잔한
짙은 한숨이 배어있다.

기해년 2019년 9월
15일 ~기차역에서~

파도 인생
태종호

파도가 밀려온다.
수백 수천개의 파도가,
마라톤 선수가 되어
끊임없이 내달린다.

때로는 급하고 거칠게
때로는 외로움을 막음은 채
쉼 없이 달린다.

혀어 뒤처질가 봐
뒤 살필 겨를도 없이
앞으로 앞으로만 달린다.

그리도 열중하던 파도들은
방파제에 이르더니
픽석픽석 사라져 버린다.

나도
그 파도같은 놀음에 행동려
오늘도 내달리고 있다.

2022년 임인년 10월 10일 제주도 협재리 방파제에서.

함께 가자
태종호

청계산 이수봉 등산 길.
이제 겨우 반 올랐는데
힘에 부친다.

나이 탓일까
날씨 탓일까

오를까 말까 망설이는데
천둥처럼 들려오는
누군가의 말 한마디

힘내세요.
우리 함께 가봅시다
머디더라도 같이 갑시다.

힘이 생솟는 그 말
힘내세요.
무엇이든 할 수 있는 말
함께 가자.

경자년 6월 7일 청계산에서.

행복한 아침
태종호

춘삼월 아침 뜰에
나서니
어제 못 본 매화가 방긋
웃는다

옆에 있는 목련꽃
봉오리는
방을 방을 터질듯이
맺혀 있고

찬바람에 피다가 만
개나리는
따스한 한낮을
기다린다

라일락 초록 빛 새순도
덩달아
파릇파릇
돋아나서

한꺼번에 들이닥친
봄꽃 유혹에
설레는 이 아침에 나는
행복하여라

2017.3.20 아침에

희망의 꽃

태 종 호

서울대공원 장미원에
빼곡히 피어 있는 꽃들이
눈이 부시게 아름다워라.

그 꽃들과 어울려
재잘거리며 웃고 있는
희망의 꽃들은 더 아름다워라.

자연의 꽃 사랑의 꽃
사랑의 눈으로 바라보니
세상은 더욱 더 아름다워라.

2023년 6월 2일 서울대공원에서.

천년학 어머니

∙

지은이 / 태종호
발행인 / 김영란
발행처 / **한누리미디어**
디자인 / 지선숙

∙

08303, 서울시 구로구 구로중앙로18길 40, 2층(구로동)
전화 / (02)379-4514, 379-4519
Fax / (02)379-4516
E-mail/hannury2003@daum.net

∙

신고번호 / 제 25100-2016-000025호
신고연월일 / 2016. 4. 11
등록일 / 1993. 11. 4

∙

초판발행일 / 2024년 1월 5일

∙

ⓒ 2024 태종호 Printed in KOREA

값 **12,000원**

∙

※잘못된 책은 바꿔드립니다.
※저자와의 협약으로 인지는 생략합니다.

∙

ISBN 978-89-7969-884-8 03810